Hugo Oertel

William Penn, der Begründer des nordamerikanischen Staates

Pennsylvanien

Mit vier Abbildungen

Hugo Oertel

William Penn, der Begründer des nordamerikanischen Staates Pennsylvanien
Mit vier Abbildungen

ISBN/EAN: 9783743310506

Hergestellt in Europa, USA, Kanada, Australien, Japan

Cover: Foto ©Raphael Reischuk / pixelio.de

Manufactured and distributed by brebook publishing software
(www.brebook.com)

Hugo Oertel

William Penn, der Begründer des nordamerikanischen Staates Pennsylvanien

William Penn.

William Penn,

der Begründer des nordamerikanischen Staates Pennsylvanien.

Ein Lebensbild, für die Jugend und das Volk gezeichnet

von

Hugo Oertel.

Mit vier Abbildungen.

Wiesbaden.
Julius Niedner, Verlagshandlung.
1882.
Philadelphia
bei Schäfer & Korabi.

I.

Die kleinen gelben Büchlein, von denen du hier wieder eins in der Hand hältst, lieber Leser, wollen, wie du es vielleicht schon lange weißt, der deutschen Jugend und dem deutschen Volke dienen, und diesen nicht nur hübsche Erzählungen bringen, aus denen sie für Kopf und Herz etwas Heilsames lernen können, sondern auch die Lebens= bilder tüchtiger und ausgezeichneter Menschen vor Augen malen, deren Tugenden und Thaten sie würdig machen, daß ihres Namens Gedächtniß in den Herzen lebendig bleibt, und deren Vorbild im Stande ist, zur Nacheiferung zu reizen.

Daß zu letzterem Zwecke vorzugsweise Lebensbilder aus der deutschen Geschichte genommen werden, versteht sich ja wol von selbst. Denn ein Volk, das der ausgezeichneten Menschen aus seiner eigenen Mitte vergessen könnte, die geholfen haben, seinen Namen groß machen oder seine äußere und innere Entwickelung fördern, das wäre nicht werth, solche ausgezeichnete Menschen besessen zu haben.

Wenn sich aber unter den hervorragenden Menschen= kindern, deren Lebensgeschichte in diesen gelben Büchlein schon erzählt worden ist, auch Schweizer, Holländer, Eng= länder, Amerikaner, Franzosen finden, wie ein Blick auf die Rückseite dieses Büchleins zeigt, auf welchem dessen Kameraden aufgezeichnet stehen, so darfst du, lieber Leser,

1*

nicht denken, daß hänge mit jener wolbekannten, nicht
mit Unrecht häufig getabelten Unart des deutschen Volkes
zusammen, für das Fremde, Ausländische über Gebühr
sich zu erwärmen, sondern du mußt vielmehr denken,
diejenigen, welche diese Büchlein ausgehen lassen, nähmen
eben das Gute, wo sie es fänden, und wären weitherzig
genug, es nicht von der Hand zu weisen, wenn es auch
nicht gerade deutschen Ursprungs und auf deutschem Boden
gewachsen ist.

So laß dich's denn nicht verdrießen, daß dir auf den
nachfolgenden Blättern wieder einmal das Lebensbild eines
Engländers vor Augen geführt wird, der freilich fast ebenso
sehr Amerikaner als Engländer war.

Sind ja doch ohnehin die Engländer unsere Stammes=
verwandte und Vettern, wenn auch die Vetterschaft im
Laufe der Jahrhunderte ein bischen weitläufig geworden
ist, sodaß man sie kaum wieder erkennt, und daß der
Vetter Deutsche und der Vetter Engländer, wenn sie zu=
sammen kommen, der Eine für den Anderen jener Herr
„Kanitverstan" wird, von dem du wol in deiner Jugend
gelesen hast. Und die Amerikaner erst, wenigstens soweit
sie von eingewanderten Engländern herstammen, die sind
nicht allein schon wegen dieser Abstammung unsere Vettern,
sondern sie sinds noch in viel höherem Grade deshalb,
weil Millionen unter ihnen wirklich deutsches Blut in den
Adern haben und, falls sie sich einen Stammbaum auf=
stellen wollten, finden würden, daß vielleicht noch ihre Groß=
eltern oder Urgroßeltern beiderseits gute, ehrliche Deutsche
gewesen sind.

Und, Gott sei Dank!, es ist ja jetzt dahin gekommen,
daß Engländer und Amerikaner sich der Vetterschaft und
Stammesverwandtschaft mit uns Deutschen nicht mehr

schämen, wie es wol in früheren Zeiten der Fall gewesen
ist, so lange das deutsche Volk gewissermaßen als das Aschen=
brödel unter den Nationen galt, weil es wegen seiner
inneren Zerrissenheit keinen Glanz und keine Macht nach
außen hin entfalten konnte! Der deutsche Name hat jetzt
in der ganzen Welt einen so guten Klang, daß sich Niemand
mehr schämt, irgendwie mit ihm in Verbindung gebracht
zu werden, sondern dies eher für eine Ehre ansieht.

Daß wir aber darauf verfallen sind, gerade den Mann,
welcher das Titelblatt nennt, aus der großen Zahl be=
deutender und ausgezeichneter Menschen herauszugreifen,
welche schon auf englischem und amerikanischem Boden er=
wachsen sind, hat seinen Grund einmal darin, daß dieser
Mann es in hohem Maße verdient hat, der Nachwelt in
ehrendem Gedächtnis erhalten zu werden als ein leben=
diges Zeugnis für die in unseren Tagen so vielfach be=
strittene und angezweifelte Wahrheit, daß rechte christliche
Frömmigkeit nicht nur kein Hindernis sei, auch für die
Welt großes zu leisten, sondern daß sie im Gegenteile
der rechte Grund sei, auf dem allein wahrhaft große mensch=
liche Leistungen erwachsen können.

Sodann aber hat uns auch der Umstand getrieben, die
lieben Leser mit der Lebensgeschichte des auf dem Titelblatte
genannten Namen bekannt zu machen, daß derjenige Staat
Nordamerikas, als dessen Gründer derselbe dort bezeichnet
ist, der Staat Pennsylvanien, von besonders vielen deutschen
Einwanderern bewohnt ist, und daß diese noch heute alle
Ursache haben, den Staatsgründer in dankbarem Andenken
zu behalten. Wer nun in jenem Staate liebe Angehörige
und Freunde hat, welche dort das Lebensglück wirklich
gefunden haben, das so manche jenseits des Weltmeers
suchen und nicht finden, der wird es uns ohne Zweifel

Dank wissen, wenn wir ihm von dem Manne erzählen, welcher zu dem blühenden Staatswesen, worin es den ausgewanderten Lieben wohl geworden ist, den Grund gelegt hat.

An einem darfst du dich freilich nicht stoßen, lieber Leser, was ich hier von vorn herein bemerkt haben will, daß nämlich der Held unseres Büchleins ein „Quäker" gewesen ist.

„Ein Quäker?", fragst du da aber vielleicht verwundert, „ja, was ist denn das?"

Und wenn du so fragen mußt, weil dir dieser Name vielleicht noch nie zuvor zu Ohren gekommen ist, so kann ich ja nicht d'rüber weg kommen, dir darüber zuerst Rede und Antwort zu geben.

Der Name „Quäker" ist eigentlich nur ein Spott- und Schimpfname für eine religiöse Sekte, welche sich um die Mitte des 17. Jahrhunderts in England bildete unter den religiösen und kirchlichen Wirren, die damals und früher schon das britische Inselreich auf's tiefste bewegten. Es wird dem Zwecke unseres Büchleins wesentlich dienen, wenn wir zunächst darüber gedrängt berichten.

Der Kampf gegen das römische Papsttum, den Luther auf deutschem Boden begonnen hatte, nachdem er durch sein Forschen in der heiligen Schrift zu der Erkenntniß gekommen war, daß viele Lehren und Ordnungen der römischen Kirche dem klaren Wortlaute der Schrift zuwider seien, wurde dort in England von einem Könige in's Werk gesetzt, nämlich von dem Könige Heinrich VIII., welcher dem damaligen Papste Klemens VII. heftig zürnte, weil dieser die von ihm beabsichtigte Ehescheidung nicht gutheißen wollte und ihn in den Bann that, als der König dennoch seinen Ehebund löste.

Aber diese königliche Reformation bestand in nichts

anderem, als darin, daß der König seinen Engländern alle
Geldzahlungen an den Papst untersagte, die Klöster auf=
hob, die Kirchenschätze als Staatsgut in Anspruch nahm
und sich selbst anstatt des Papstes für das oberste Haupt
der englischen Kirche erklärte. An den kirchlichen Lehren
und Ordnungen wurde jedoch so gut wie nichts geändert,
obwol auch in England schon lange vor Luthers Auftreten
durch Wiclefs Lehren der Verdacht erregt worden war,
daß in der römischen Kirche nicht alles so sei, wie es
nach Gottes Wort sein sollte, und deßhalb die von Luther
angeregte Reformation in vielen tausend Herzen einen
Widerhall gefunden hatte.

Aber auch nachdem die Lehren des lauteren Evangelii
unter Eduard VI. in England zur Anerkennung, und
durch die grausamen Verfolgungen, womit sie die blutige
Maria wieder zu unterdrücken suchte, recht unter das Volk
gekommen waren, blieb es noch unter der langen und
kräftigen Regierung der Königin Elisabeth, welche im Jahre
1558 den englischen Thron bestieg und das Werk der
Reformation in ihrem Lande durchführte, bei dem von
Heinrich VIII. festgestellten Grundsatze, daß, wer die königs=
liche Gewalt in England habe, damit auch zugleich das
Oberhaupt der englischen Kirche sei.

Demzufolge verordnete Elisabeth, daß alle weltliche
und geistliche Beamte sich vor ihrem Amtsantritte eidlich
verpflichten müßten, die alleinige Oberhoheit des Königs
sowol in geistlichen und kirchlichen wie in allen weltlichen
Sachen anzuerkennen (Suprematseid) und jede andere Ober=
hoheit zu verwerfen, wobei natürlich nur an die päpstliche
gedacht war. Weiter ließ sie ein allgemeines kirchliches
Gebetbuch ausarbeiten, nach welchem sich alle Geistlichen
unter strenger Strafe bei Abhaltung ihres Gottesdienstes

zu halten hatten, und endlich ließ sie die Lehre der eng=
lischen Kirche in 39 Artikeln festsetzen und erhob diese
Artikel zum Staatsgesetze.

Die englische Kirche war dadurch völlig zur Staats=
kirche gemacht und in allen Stücken der königlichen Ober=
hoheit unterworfen. Sie hatte zwar ihre Erzbischöfe und
Bischöfe; allein die Wahl derselben lag entweder ganz in
den Händen des Königs oder konnte doch durch die könig=
liche Gewalt so beeinflußt werden, daß nur solche zu diesen
Ämtern gelangten, von denen sich der König volle Will=
fährigkeit und Unterthänigkeit im voraus versprechen konnte.

Nun hatte zwar die Königin Elisabeth dafür Sorge
getragen, daß in dem von ihr verordneten Gebetbuche eine
Gottesdienstordnung aufgestellt war, welche zur Not den
Evangelischen und den Katholischen genügen konnte; allein,
wenn sie gehofft hatte, in dieser Weise die beiden einander
gegenüberstehenden Parteien vereinigen zu können, so er=
wies sich das bald als ein Irrtum. Vielmehr wollte
sich keine der Parteien in die aufgenötigte Zwangsjacke
stecken lassen. Viele Katholiken, welche anstatt des rö=
mischen Papstes, dem sie bisher treu angehangen hatten,
keinen englischen Papst eintauschen mochten, wenn derselbe
auch eine Königskrone trug, wanderten aus. Unter den
Evangelischen aber, von denen viele vor den Verfolgungen
der blutigen Maria nach der Schweiz geflohen waren und
dort die streng kalvinische Art angenommen hatten, die
Alles verwarf, was nicht klar und unzweifelhaft aus dem
Worte Gottes erwiesen werden konnte, erhob sich bald ein
entschiedener Widerwille sowol gegen die Gottesdienstord=
nung Elisabeths, wie gegen die ganze gesetzlich eingeführte
Kirchenverfassung. Man wollte anstatt der bischöflichen
Kirchenverfassung, welche wiederum zu der so mißliebig

gewordenen Priesterherrschaft führen mußte, eine solche haben, wie sie in der Schweiz bestand, nach welcher von den Gemeinden erwählte Älteste oder Preßbyter die kirchlichen Angelegenheiten leiteten. Man wollte auch die Gottesdienstordnung vereinfacht und von allem gereinigt haben, was an das in der römischen Kirche aufgekommene äußere Ceremonienwesen erinnerte. Es bildete sich so die kirchliche Partei der „Presbyterianer" oder „Puritaner", und wie man auch von oben herunter alles aufbot, die der bischöflichen Staatskirche widerstrebenden zu unterdrücken, die den gemeinsamen Namen der „Nonconformisten" erhielten, der Druck trug nur dazu bei, deren Zahl zu vermehren, sodaß man dieselbe schon beim Tode der Königin Elisabeth auf 100000 schätzte.

Unter Elisabeths Nachfolger, dem Könige Jakob VI. von Schottland aus dem Hause Stuart, der nach dem bestehenden Erbrechte im Jahre 1603 als Jakob I. den englischen Thron bestieg, dauerten die kirchlichen Wirren und Parteiungen fort. Obwol aus einem katholischen Hause stammend und der Sohn jener Maria Stuart, welche die Königin Elisabeth hatte hinrichten lassen und welche von den Katholiken als eine Märtyrerin ihres Glaubens verehrt wurde, wollte doch Jakob I. die katholische Religion in seinem Lande nur dulden, aber zu keiner Herrschaft kommen lassen. Seinem herrschsüchtigen Sinne entsprach es mehr, selber unumschränktes Oberhaupt einer Kirche zu sein, als sich der kirchlichen Oberhoheit eines Papstes zu unterwerfen.

Deßhalb neigte er sich der bischöflichen Staatskirche, wie sie seine Vorgängerin auf dem Throne eingerichtet hatte, zu und verhängte, um jeden Verdacht von sich ferne zu halten, als ob er noch im Herzen der katholischen Kirche

anhange, sogar Verfolgungen gegen diese. Die Puritaner
sahen seiner Regierung mit großen Hoffnungen entgegen.
Denn in Schottland, welches jetzt mit England zu einem
Reiche verbunden war, bestand schon seit längerer Zeit bei
den Evangelischen die von ihnen gewünschte presbyteriale
Kirchenverfassung, und man glaubte annehmen zu dürfen,
daß König Jakob I. das in England nicht verdammen
und verwerfen könne, was in seinem heimischen schottischen
Erblande zu Recht bestand.

Sie sahen sich jedoch in ihren Hoffnungen getäuscht.
Das Verlangen Jakobs I. nach unumschränkter Gewalt in
Kirche und Staat ließ ihn auf das Entschiedenste gegen
jeden einschreiten, der sich nicht zu der von Elisabeth ein=
geführten Gottesdienstordnung und zu der bischöflichen Ver=
fassung der Staatskirche bekannte. Es trieb ihn sogar dazu,
auch seinen schottischen Erblanden diese Verfassung auf=
zunötigen. Da entschloß sich denn eine nicht geringe An=
zahl von Puritanern, um den Verfolgungen Jakobs I. zu
entgehen, zur Auswanderung nach Amerika, um dort in
dem sogenannten Neu=England frei von allem Gewissens=
zwang eine Kirche nach ihrem Sinne zu gründen, eine
Kirche nach dem Vorbilde der Apostelzeit. Die aber, welche
im Lande blieben, schlossen sich der großen Partei der
Unzufriedenen an, denen es ein Dorn im Auge war, daß
König Jakob I. alles aufbot, auch im Staate unumschränkter
Herr zu werden, wie er es in der Kirche schon war und
deßhalb die Rechte des Volkes und seiner Vertretung, des
Parlamentes, immer mehr zu schmälern suchte.

Sein Sohn Karl I., der ihm im Jahre 1625 nach=
folgte, hatte vollständig des Vaters Gesinnung geerbt, und
machte sich durch die völlige Rücksichtslosigkeit, mit der er
die Rechte des Parlamentes niederzutreten bemüht war,

sowie auch durch die Strenge, mit welcher er gegen die Puritaner und gegen alle Nonconformisten verfuhr, bei dem englischen wie bei dem schottischen Volke gründlich verhaßt.

Als er im Jahre 1637 in Schottland eine Gottesdienst=ordnung einführen wollte, in der noch mehr als in der eng=lischen von den äußeren Ceremonien der römischen Kirche beibehalten war, erhob sich wider ihn eine offene Empörung. Es bildete sich der sogenannte „Covenant", ein über das ganze Land sich erstreckender und alle Stände umfassender Bund, der sich den Schutz der presbyterialen Verfassung und die Aufrechterhaltung der reinen Lehre des Evangeliums zum Ziele setzte.

König Karl ließ sich aber dadurch nicht schrecken, son=dern fuhr in seiner Verblendung fort, durch sehr strenge und willkürliche Regierungsmaßregeln auch in England die Herzen gegen sich zu entrüsten. Besonders geschah dies durch einen neuen Eid, den er einführte, den sogenannten „Testeid", worin alle Geistlichen beschwören sollten, niemals ihre Zustimmung zu geben zu einer Änderung in der Re=gierung der Kirche durch Erzbischöfe und Bischöfe, wie sie dermalen zu Recht bestehe. Das hieß allen presbyterianisch Gesinnten offenen Krieg erklären, und das Parlament, welches fast ganz presbyterianisch gesinnt war, nahm den vom Könige erklärten Kampf auf. Es bewilligte ihm keine Gelder zur Unterdrückung des schottischen „Covenants", und als dessen Anhänger im August 1640 den Grenzfluß zwischen England und Schottland, den Tweed, überschritten und die englischen Grafschaften Durham und Northumber=land besetzten, blieb den wenigen königlichen Truppen dort nichts übrig, als das Feld zu räumen. Auch da, als im folgenden Jahre eine Empörung in Irland ausbrach, be=

willigte das Parlament dem Könige keine Mittel zur Auf=
stellung einer Armee aus Mißtrauen und Furcht, er könne
dieselbe zur vollständigen Unterdrückung des Parlaments
und des englischen Volkes benutzen.

Da ließ sich Karl I. in seiner Wut zu einem ver=
hängnißvollen Schritte hinreißen. Er ließ im Beginn des
Jahres 1642 seine Hauptgegner im Parlamente des Hoch=
verrats anklagen, und erschien selbst an der Spitze einer
bewaffneten Schaar vor dem Parlamentshause, um die An=
geklagten zu verhaften. Das alte geheiligte Recht der
Unantastbarkeit der Volksvertreter war damit über den
Haufen gestoßen, und ein Schrei der Entrüstung ging durch
alle englische Herzen.

Das Parlament rüstete nun gegen den König und fand
dafür von Seiten des Volkes so bereitwilliges Entgegen=
kommen, daß an einem Tage einmal zu London 5110
Freiwillige unter seine Fahne traten. Auch der König
betrieb aufs Eifrigste seine Rüstungen mit dem Gelde
welches er aus den in Holland verkauften Kronjuwelen
erlöst hatte, und bald war der Bürgerkrieg in vollem
Gange. Auf Seiten des Königs standen alle, welche für
die unumschränkte Königsgewalt in Kirche und Staat waren:
der Adel und die hohe Geistlichkeit, auf Seiten des Par=
lamentes dagegen die kleineren Grundbesitzer, die Städte=
bürger, und überhaupt alle, welche weder in Kirche noch
im Staat eine königliche Willkürherrschaft wollten, alle
„Puritaner" und „Nonconformisten".

Das zusammengelaufene Parlamentsheer unter Führung
des Grafen Essex konnte gegen die kriegskundigen Soldaten
des Königs anfangs nicht wol aufkommen, allein, was
an Kriegskunst mangelte, wurde durch religiöse Begeisterung
ersetzt. In der Schlacht bei Newbury gelang es dem

Grafen Essex, einen Sieg über die königlichen Truppen
zu erringen und dadurch ermutigt, drängten sich Tausende
zum Parlamentsheere, die sich bisher noch klüglich im Hinter-
grunde gehalten hatten, um zu sehen, wohin sich der Sieg
neigen werde. Und als sich die Engländer dem schottischen
„Covenant" anschlossen, ließen die Schotten zu ihrer Unterstützung gegen den König eine Armee von 20000 Mann
in England einrücken.

Bei Marston Moore in der Nähe der Stadt York kam
es am 2. Juli 1644 zu einer Schlacht, die, obwol das
Parlamentsheer den königlichen Truppen an Zahl weit
überlegen war, doch mit dem Siege der letzteren enden zu
wollen schien, als der kühne Reiterführer Oliver Cromwell
durch einen ungestümen Angriff mit seinen Schwadronen
die Königlichen in Verwirrung brachte und damit eine
solche Niederlage für sie herbeiführte, daß ihrer 10000
das Schlachtfeld deckten. Die königliche Sache war dadurch
im Norden verloren.

Oliver Cromwell war nun der Mann des Tages und
gelangte bald im Parlamentsheere zu entschiedenem Über-
gewichte, zumal nachdem er in der Schlacht bei Naseby
am 14. Juni 1645 die Königlichen auf das Haupt ge-
schlagen hatte. Nach wenigen Monaten war es so weit,
daß der König, weil er sich in England nirgends mehr
sicher hielt, zu seinen Landsleuten in das schottische Lager
flüchtete. Diese nahmen ihn zwar bereitwillig in ihren
Schutz, aber als er ihnen hartnäckig verweigerte, ihren
„Covenant" anzuerkennen und zu beschwören, lieferten sie
ihn dennoch den Engländern aus, die ihn dann als Staats-
gefangenen nach dem festen Schlosse Holmby führten.

Cromwell und sein Heer waren jetzt die gebietende
Macht im Lande. Das Parlament war sich dessen zwar

vollkommen bewußt, aber es ließ sich durch die eifersüchtige
Furcht vor Cromwell zu dem Beschlusse verlocken, sich der
Armee entledigen und mit dem Könige Friede machen zu
wollen. Das war aber völlig gegen die Meinung der
Tapferen, die zum Schutze der bürgerlichen und religiösen
Freiheit ihr Blut auf den Schlachtfeldern verspritzt hatten.
Mit dem Könige Friede machen war in ihren Augen eben-
soviel, als zu der alten Willkürherrschaft zurückkehren und
die blutig errungene Freiheit wieder aufgeben.

Um Friedensverhandlungen des Parlaments mit dem
Könige zu verhindern, versicherte man sich der Person des
letzteren, und Cromwell versuchte nun seinerseits, sich mit
ihm zu verständigen. Aber es gelang dem Könige, von
dem Heere, welchem er folgen mußte, zu entfliehen und
so galt es denn jetzt, das Parlament einzuschüchtern, daß
es nicht mit dem Entflohenen Verhandlungen anknüpfe.
Die Armee rückte auf London los, und das Parlament
stob auseinander. Aber Aufstände, welche in Wales wie
in Schottland zu Gunsten des Königs angezettelt wurden,
nötigten Cromwell, dorthin zu eilen, und bei seiner sieg-
reichen Rückkehr hatte das Parlament wirklich in Eile mit
dem Könige einen Vertrag geschlossen. Die Armee, von
einer Minderheit im Parlamente unterstützt, protestirte
dagegen, und diese Minderheit, das sogenannte „Rumpfparlament", nun ein gefügiges Werkzeug der Armee, erklärte jetzt den König zum Landesverräter und eine zu
diesem Zwecke niedergesetzte Commission sprach das Todes-
urteil über ihn aus. Am 30. Januar 1649 fiel sein Haupt
von der Hand des Scharfrichters.

Sein Tod ließ aber alles vergessen, was er während
seines Lebens an Willkürherrschaft geleistet hatte und ver-
söhnte auch diejenigen wieder, die seine Feinde gewesen

waren. Irland und Schottland erklärten sich sogleich für
seinen Sohn als Thronerben, und auch in England stellten
sich Tausende von allen religiösen Richtungen auf dessen
Seite.

Da ließ Cromwell am 19, Mai 1649 durch das Rumpfparlament England zu einer „Republik", oder, wie man
sich ausdrückte, zu einem „Gemeinwohl" ausrufen, in
welchem das Parlament die höchste Gewalt ausüben sollte.
Wenn es aber mit dieser neuen Staatsform nur einigen
Bestand haben sollte, so mußte dieselbe auch auf Irland
und Schottland ausgedehnt werden und man mußte die
dort herrschenden königlichen Gesinnungen völlig zu unterdrücken suchen. Hatten doch die Schotten schon den Sohn
des gemordeten Königs unter dem Namen Karl II. als
König anerkannt. Cromwell besorgte das. Zuerst unter-
warf er Irland und zog dann gegen die Schotten, die er
in den Schlachten bei Dunbar und bei Worcester fast
gänzlich aufrieb. Nun wurde Schottland ebenso wie Irland der Republik einverleibt, und dem neuen Könige
Karl II. gelang es mit knapper Not, nach Frankreich zu
entfliehen.

Das Rumpfparlament, durch Neuwahlen etwas ver-
stärkt, hatte sich inzwischen aber ganz unthätig verhalten
und damit bewiesen, daß es unfähig sei, die höchste Gewalt im Lande zu üben. Cromwell löste es daher nach
seiner Rückkehr aus Schottland mit Gewalt auf und ließ
sich von einem anderen durch ihn berufenen Parlamente
am 16. Dezember 1653 zum lebenslänglichen „Protector"
der drei Reiche ernennen, der diese mit einem Staats-
rathe und einem neu einzurichtenden Parlamente regieren
sollte. Das Parlament hatte Cromwell den Königstitel
angeboten. Aber wenn er denselben auch klüglicher Weise

ablehnte, so hatte er doch in der That volle königliche Macht.

Den nächsten Gebrauch von derselben machte er bei Ordnung der kirchlichen Angelegenheiten, welche in eine heillose Verwirrung geraten waren, da in den bisher geschilderten staatlichen Kämpfen auch die kirchlichen Ver= hältnisse immer mit ins Spiel gezogen worden waren. Die staatliche Umwälzung, welche Karl I. unter das Schwert des Scharfrichters gebracht hatte, besaß eine schwärmerische, religiöse Färbung, und wenn auch Cromwell von Hause= aus dem gemäßigteren Teile der Puritaner angehörte, so konnte er es doch nicht hindern, daß in dem Heere, welches seine alleinige Stütze war, immer mehr jene Partei zur Geltung kam, die man als die „Independenten" bezeichnete, weil sie für eine völlig freie und unabhängige Kirche schwärmte, in der es durchaus nichts von einer kirchlichen Obrigkeit geben sollte, sondern in der jede größere oder kleinere Zahl von Christen, die sich nach freiwilliger Ueber= einkunft zu gemeinsamer Religionsübung auf Grund des Evangeliums zusammengethan hatten, eine durchaus selbst= ständige Kirche bilden und das unbeschränkte Recht haben sollte, ihre Verhältnisse nach eigener Einsicht und der aus der heiligen Schrift gewonnenen Erkenntnis zu ordnen.

Es konnte nicht fehlen, daß je mehr diese Partei oben= auf kam, eine desto reichere Fülle der verschiedenartigsten und sonderbarsten Sekten auf englischem Boden erwuchs, die, weil sie sich nur von ihrer eigenen Schriftauslegung leiten ließen, nicht allein die wunderlichsten Lehren auf= brachten, sondern sich auch die allerseltsamsten Namen bei= legten. Allein es ist auch begreiflich, daß sich in der pres= byterial verfaßten Kirche, die jetzt die herrschende war, wenn sie sich auch nur in Schottland völlig nach ihren

Grundsätzen gestalten konnte und eine völlige Unabhängig=
keit vom Staate errang, ein tiefer Zwiespalt, ja ein offen=
barer Haß gegen die Independenten herausbildete, mit
deren Ansichten ein geordnetes Kirchenwesen durchaus un=
verträglich war.

Diesem bunten Gemische religiöser Sekten gegenüber
stellte nun Cromwell zur Ordnung der kirchlichen Ange=
legenheiten folgende drei Artikel auf:

1. der Staat übernimmt die Sorge für Aufrechterhal=
   tung des presbyterianischen Glaubens.
2. Niemand soll aber durch Strafen zur Annahme dieses
   Glaubens gezwungen werden.
3. Alle, welche Gott und den Herrn Jesum Christum
   bekennen, sollen, wenn sie auch in Bezug auf einzelne
   Punkte der Lehre, auf Kirchenzucht und Gottesdienst=
   ordnung abweichende Ansichten haben, dennoch geduldet
   werden, sofern sie nur nicht in Lehre und Leben un=
   sittliche Grundsätze haben und an den Tag legen,
   und den öffentlichen Frieden nicht stören.

Eine Kommission aus 29 Geistlichen und 9 Nichtgeist=
lichen, welche für die einzelnen Grafschaften wiederum
ebenso zusammengesetzte Unter=Kommissionen hatte, bildete
die oberste kirchliche Behörde.

Dabei blieb es denn bis zum Tode Cromwells, der
am 3. September 1658 starb mit einem Gebete für das
Heil der Kirche und die Freiheit des Vaterlands auf den
verblassenden Lippen.

II.

Wir kommen nun nach diesem geschichtlichen Überblicke
wieder auf die „Quäker" zurück.

Auch sie gehörten unter jene vielen Sekten, welche sich, wie wir soeben erzählt haben, auf dem unruhigen Boden Englands bildeten, aber sie gehörten jedenfalls zu denjenigen, welchen es mit ihrem Christentum ein tiefer, heiliger Ernst war, und denen vor allem daran lag, ihr ganzes Leben genau nach den Forderungen des Evangeliums zu gestalten.

Ihr Stifter war Georg Fox, der Sohn eines Webers zu Drayton in der Grafschaft Leicester, der besonders von seiner frommen Mutter einen tief religiösen Sinn geerbt hatte, aber auch von Natur träumerisch und schwermütig war. Am liebsten weilte er schon als Kind in der Einsamkeit und floh die harmlosen Spiele und Zerstreuungen seiner Kameraden.

Im letzten Regierungsjahre Jakobs I. geboren, verlebte er seine Jugend in der bewegten Zeit Karls I. und hatte da mehr als genug Gelegenheit zu sehen, wie die ihm so teure und heilige Religion zum Deckmantel der niedrigsten Gesinnungen und Bestrebungen mißbraucht wurde, und wie es den allermeisten sogenannten Christen mehr als um das Heil der Seele, um die äußere Verfassung der Kirche zu thun war, und wie sich um deretwillen diejenigen mordeten und zerfleischten, die nach dem Vorbilde des Heilandes, dessen sie sich doch alle rühmten und nach der Lehre des Evangeliums, zu welcher sie sich bekannten, in Liebe und Frieden hätten verbunden sein sollen.

Sein Vater hatte ihn zum Schusterhandwerke bestimmt und zu einem Meister in Nottingham in die Lehre gegeben, der neben seiner Schusterei auch einen Wollhandel betrieb und deshalb Schafheerden hielt. So treu nun auch der junge Fox seine Arbeit verrichtete und sich bemühte, einmal ein tüchtiger Schuster zu werden, so war es ihm doch viel lieber, wenn ihn sein Meister zum Weiden seiner Schafe verwendete. Denn dadurch entging er dem Spotte seiner Mitgesellen, die ihn wegen seiner Frömmigkeit und wegen seines stillen, träumerischen Wesens beständig verhöhnten, und konnte draußen in der Einsamkeit sich ungestört mit seinem Lieblingsbuche, der Bibel, beschäftigen.

Je mehr er darin las, desto mehr wurde es ihm offenbar, wie wenig das Leben der Christen mit den Forderungen des heiligen Buches übereinstimmte, desto gewaltiger ergriff ihn die Verderbtheit der Christen, die er auf Schritt und Tritt wahrnehmen mußte. Es wurde ihm zur Gewißheit, daß auch die Frommsten unter ihnen den Geist nicht besäßen, aus welchem die heilige Schrift hervorgegangen. Er sprach dies auch offen aus und machte gegen niemand ein Hehl daraus, selbst gegen den Pfarrer von Nottingham nicht, den er sogar einmal, vom heiligen Eifer gedrängt, in der Kirche während des öffentlichen Gottesdienstes zu unterbrechen wagte, sobaß er aus dem Gotteshause gejagt wurde.

Von da an betrat er eine Zeit lang keine Kirche mehr, verließ auch seinen Meister, und brach sogar alle Gemeinschaft mit seiner Familie ab, da er sich von Gott berufen hielt, als Religionslehrer aufzutreten. Er durchzog nun Städte und Dörfer, predigte über das allgemeine Verderben und hielt sogar die Einzelnen auf offener Straße an, um ihnen den rechten Weg zur Seligkeit zu zeigen. Er ließ sich darin selbst durch Mißhandlungen, welche er sich zuzog, nicht beirren. Dabei rühmte er sich, unmittelbare Offenbarungen des göttlichen Geistes zu empfangen, durch welche ihm das rechte innere Licht aufgegangen sei.

Bald gelang es ihm, eine Anzahl junger Leute um sich zu sammeln, mit denen er die heilige Schrift las, und

2*

denen er seine empfangenen Offenbarungen vertraute. Nach diesen lehrte er unter anderem, nicht die heilige Schrift sei letzte Regel des Glaubens und des Lebens, sondern die innere Offenbarung, das innere Wort, welches der Geist Gottes dem Herzen mitteile; man müsse deshalb die hohen Schulen schließen, die nur Lügenschulen seien, und deren Lehrer selbst die heilige Schrift nicht recht verständen; man müsse alle die üblichen Ceremonien und religiösen Übungen abschaffen, weil sie nicht christlich, sondern heidnisch seien; man dürfe an die Kirche und ihre Diener keine Zehnten bezahlen, weil dieselben eine Erfindung des Teufels seien, und die Geistlichen dadurch zu „Verkäufern des Wortes" würden; man dürfe nach der Schrift keinen Eid leisten, vor Niemand sein Haupt entblößen und müsse Jedermann ohne Ausnahme mit dem brüderlichen „Du" anreden.

Von seinen jungen Freunden gedrängt, begann Fox, 25 Jahre alt, als Apostel seiner Lehre öffentlich aufzutreten. Er besuchte jetzt auch wieder die Kirchen, konnte es aber nicht lassen, in der öffentlichen Versammlung laut zu widersprechen, wenn er etwas predigen hörte, womit er nicht übereinstimmte. Er wurde deshalb wiederholt verurteilt und ins Gefängnis gesetzt.

Bei einem solchen Verhöre, das er vor den Grafschaftsrichtern zu bestehen hatte, forderte Fox anstatt die ihm vorgelegten Fragen zu beantworten, die Richter auf, sie sollten Gott ehren und vor seinem Worte „zittern" (englisch: to quake). Diese letztere Zumutung mußte den Richtern und Zuhörern so absonderlich vorkommen, daß sie sich an das gebrauchte Wort hielten und Fox sammt seinen Anhängern spottend „Quäker" oder zu deutsch: „Zitterer" nannten.

Andere leiten den Namen Quäker oder Zitterer daher, daß die Angehörigen dieser Sekte bei ihrem Auftreten und Predigen oft von solcher Begeisterung erfaßt worden seien, daß sie am ganzen Körper zuckten und zitterten, eine Er= klärung des Wortes, die nicht ferne liegt, wenn man hört, wie oftmals Angehörige der Sekte in dem sonderbarsten Aufzuge, ja sogar halb nackt durch die Straßen Londons liefen, um die öffentliche Aufmerksamkeit auf sich zu ziehen und dann den Stehenbleibenden Buße zu predigen.

Woher aber der Name auch stammen mag, die An= hänger der Sekte haben ihn sich nicht selber gegeben, sondern sich ihn eben gefallen lassen in einer Zeit, welche noch weit auffallendere Sekten=Namen aufzuweisen hatte. Sie selbst nannten sich einfach und schlicht die „Freunde" oder die „Gesellschaft der Freunde," und zwar im Hinblicke auf das Wort des Heilandes Joh. 15, 14: „Ihr seid meine Freunde, so ihr thut, was ich euch gebiete." Und in der That war es ja bei Fox und seinen Anhängern oberster Grundsatz und höchste Lebensregel, sich bei ihrem Thun von den Geboten des Herrn leiten zu lassen, und vor allen Dingen der „inneren Offenbarung zu folgen, auf welche sie das Wort des Heilandes im folgenden Verse jener oben genannten Stelle bezogen, worin es heißt; „Euch aber habe ich gesagt, daß ihr Freunde seid; denn alles, was ich habe von meinem Vater gehöret, habe ich euch kund gethan."

Georg Fox. hatte seine Wirksamkeit zunächst nur auf die Grafschaften Leicester, Derby und Nottingham erstreckt; bald dehnte er dieselbe aber auch auf die nördlicher ge= legenen Grafschaften York, Lancaster und Westmooreland aus, und zwar nicht ohne Erfolg. Die Hinrichtung des Königs Karl I. hatte in Tausenden von Herzen eine ge=

waltige Erschütterung hervorgerufen. Man hielt es für unausbleiblich, daß die Strafen Gottes wegen solchen Frevels am Haupte des Gesalbten hereinbrechen würden, und die ernsten Bußpredigten, mit welchen Fox überall auftrat, fanden deshalb einen empfänglichen Boden. Hier und da und dort entstanden quäkerische Gesellschaften, mit welchen Fox stete Verbindung unterhielt, und deren Versammlungen er, wo es irgend anging, besuchte und leitete. Allmählig verbanden sich auch Leute aus den höheren Ständen mit den „Freunden" und machten es ihnen durch ihre Unterstützungen möglich, an vielen Orten eigene Versammlungshäuser zu errichten. Das Predigen im Freien wurde jedoch deshalb nicht aufgegeben, weil nur dadurch eine Einwirkung auf größere Volksmassen möglich war.

Allein je weiter sich die Gesellschaft der Freunde ausbreitete, desto häufiger kamen auch Verwickelungen mit den Landesgesetzen und Verfolgungen von Seiten der Gerichte vor. Noch bestand das Gesetz Heinrichs VIII. gegen das Zurückhalten des schuldigen Zehnten, ebenso das unter Elisabeth erlassene Gesetz gegen die Versammlungen von Nonkonformisten zu religiösen Zwecken, und endlich auch das ebenfalls unter Elisabeth erlassene und von Karl I. noch verschärfte Gesetz, welches von allen wenigstens, die ein öffentliches Amt bekleiden wollten, den Suprematseid forderte, also das eibliche Gelöbnis, sich der Oberhoheit des Königs wie in allen weltlichen, so auch in allen geistlichen Dingen unterwerfen zu wollen. Hielt man nun scharf auf diese Gesetze, so gab es natürlich fortwährend Grund, Leute vor Gericht und zur Strafe zu ziehen, die, wie die Quäker, nicht allein jede Eidesleistung verweigerten, sondern auch den Geistlichen der Staatskirche keinen Zehnten entrichten wollten, aber das Recht für sich in Anspruch nahmen und den ausgiebigsten Gebrauch davon machten, sich zu religiösen Übungen zu versammeln.

Natürlich richteten sich die Verfolgungen besonders gegen Fox, der als Stifter der quäkerischen Gesellschaften galt. Er wurde gefangen genommen, nach London gebracht und vor Cromwell selbst geführt, der ihn persönlich kennen lernen wollte. Der Eindruck aber, welchen der Macht= haber bei seinen Unterredungen mit Fox von diesem selbst, sowie von der durch ihn gestifteten Sekte empfing, muß ein entschieden günstiger gewesen sein. Denn er erlaubte den Quäkern, Versammlungen zu halten, und verbot die Verfolgung derselben, so lange sie nicht gröblich gegen die Staatsgesetze sich verfehlen würden. Wo aber dennoch Verfolgungen der Quäker eintraten, weil denselben ja leicht Verfehlungen gegen die Staatsgesetze nachgewiesen werden konnten, gelang es Fox wiederholt, den Schutz des mäch= tigen Protektors für sich und die Seinigen zu erlangen, indem er sich persönlich an denselben wandte.

Bei dieser günstigen Lage breitete sich das Quäkertum auch in Schottland und Irland aus, trotzdem daß sich hier und da einzelne der Sekte Angehörige zu thörichten und lächerlichen Ausschreitungen hinreißen ließen, gegen welche Fox zwar gewaltig eiferte, die er aber doch nicht überall und gänzlich verhindern konnte. So verfiel z. B. ein Quäker, Richard Naylor, auf den tollen Einfall, sich als Messias verehren zu lassen. Er hielt in Bristol auf einem Esel reitend einen feierlichen Einzug, umgeben von Männern und Weibern, die ihre Kleider auf seinen Weg breiteten, ihm Blumen zuwarfen und vor ihm her das „Hosiannah“ schrieen. Solche Ausschreitungen kamen jedoch im ganzen nur selten vor, da sich die Quäker im allgemeinen still, ernst und nüchtern verhielten und durch ihr sittlich reines

Leben jedem Achtung abgewannen, der nicht ihr grund=
sätzlicher Feind war.

Mit Oliver Cromwells Tode im Jahre 1658 hörte der
Schutz, dessen sie sich bisher erfreut hatten, auf, und es
begannen die heftigsten Verfolgungen gegen sie. In Schott=
land erging sogar von der Generalsynode das Verbot, bei
Strafe der Ausschließung aus der Kirche einen Quäker
nur zu beherbergen.

Bessere Zeiten schienen wieder für die „Freunde" kommen
zu wollen, als das englische Volk, der Republik müde,
im Jahre 1660 Karl II., den Sohn des hingerichteten
Königs, wieder auf den Thron setzte, der sich bisher zu
London in Holland aufgehalten und auf seine Zeit ge=
wartet hatte. Denn dieser neue König hatte schon vor
seiner Einschiffung nach England, noch auf holländischem
Boden, die Erklärung abgegeben: „Wir erklären auch eine
Gewissensfreiheit, und daß Niemand in seinen Religions=
ansichten gestört, noch diese irgendwie in Frage gestellt
werden sollen, so lange sie nicht den Frieden des Reiches
stören." Und diese Erklärung wiederholte er dann öffent=
lich bei seiner Krönung.

Aber wie leicht war es, wenn man dies wollte, die
Quäker der Störung des Friedens zu beschuldigen da,
wo sie ihre öffentlichen Predigten hielten und darin gegen
das Verderben der Weltkinder eiferten! Wie leicht war
es, ihnen ihr Verweigerung des Zehnten und der Eides=
leistung als Widerstand gegen die Staatsgesetze, ihre Weige=
rung, vor den Richtern den Hut abzunehmen, als sträfliche
Mißachtnng der Obrigkeit auszulegen! So begannen denn
bald der königlichen Erklärung zum Trotze wiederum die he=
ftigsten Verfolgungen gegen sie, ihre Versammlungen wurden
verboten und Hunderte von ihnen mußten, weil sie um des

Gewissens willen dieses Verbot nicht achteten, in's Gefängnis-
wandern.

Aber sie setzten allen diesen Verfolgungen eine be-
wundernswerte Geduld und Ausdauer entgegen und ver-
schmähten es, wie ihnen so oft durch die Habsucht bestech-
licher Richter nahegelegt wurde, ihre Befreiung aus dem
Gefängnisse durch Geld zu erkaufen. Der rohen Gewalt
begegneten sie mit stiller Sanftmuth. Als einmal zu Col-
chester ihre Versammlnng durch Reiterei auseinanderge-
sprengt wurde, schlug ein Reiter einen der Freunde so
heftig mit dem flachen Schwerte, daß die Klinge von dem
Gefäße lossprang. Ruhig hob der Geschlagene die Klinge
auf und überreichte sie dem Reiter mit den Worten: „Das
gehört dir! Ich wünsche dir, daß dir der Herr das Werk
dieses Tages nicht zurechnen möge!"

Als ihrer Standhaftigkeit gegenüber alle Mittel zu
ihrer Unterdrückung nichts fruchteten, wurde im Jahre
1664 eine große Anzahl von ihnen außer Landes gebracht,
und zwar auf die Bermudasinseln und auf die westindische
Insel Jamaica, nachdem vorher ihre Güter in Beschlag
genommen worden waren. Viele wanderten auch freiwillig
aus, und zwar nach Holland und Deutschland, wo sie sich
teils am Niederrhein und in Westfahlen, teils in der
Rheinpfalz, teils in den norddeutschen Küstenstädten Ham-
burg, Altona, Danzig, niederließen. Fox selbst wurde zwar
nicht des Landes verwiesen, wanderte aber drei Jahre lang
fast aus einem Gefängnisse in das andere, weil er unauf-
hörlich seine Anhänger zum standhaften Dulden aufmunterte.

Wir brechen hier einstweilen ab, weil sich uns nachher
bei der Lebensgeschichte unseres Helden Gelegenheit ergeben
wird, zu erzählen, wie es den Quäkern weiter erging.
Wir wollen nur noch einiges über die Lehren, Ordnungen,

Sitten und Gebräuche, die den Quäkern eigentümlich waren, beifügen, um dem geneigten Leser ein deutliches Bild dieser Sekte vor Augen zu führen.

In Folge ihrer Grund= und Kernlehre, daß sich der Christ nur von dem „inneren Lichte" leiten lassen dürfe, welches Christus durch seinen heiligen Geist in den Herzen anzünde und welches er in jedem Menschen zu seiner Zeit anzuzünden versuche, wiesen sie der heiligen Schrift eine etwas untergeordnete Stellung an gegenüber dem „inneren Worte," der inneren ·unmittelbaren Offenbarung, die der Geist Christi mitteile, von dem ja gesagt sei, daß er in alle Wahrheit leite. Es gebe viele Wahrheiten, so lehrten sie, die in der heiligen Schrift gar nicht enthalten seien, sondern die man unmittelbar durch das Zeugnis des heiligen Geistes empfangen müsse. Aber nichts desto weniger hielten sie sich strenge an die heilige Schrift, weil auch diese von dem heiligen Geiste eingegeben sei und deßhalb dem „inneren Worte" nicht widersprechen könne.

Weil nun auf dies innere Wort und die innere Er= leuchtung durch den heiligen Geist das ganze Schwergewicht von ihnen gelegt wurde, verwarfen die Quäker alles äußer= liche Kirchentum, besonders einen geordneten geistlichen Stand.

Mit Bezug auf die Stelle im ersten Korintherbriefe: „in einem jeglichen erzeigen sich die Gaben des Geistes zum gemeinen Nutzen," sprachen sie jedem, der sich vom Geiste dazu getrieben fühle, das Recht zu in ihren Ver= sammlungen zu lehren und zu predigen. Gegenüber der Stelle desselben Briefes, wo der Apostel sagt: „es soll den Weibern nicht zugelassen werden, daß sie (in der Ge= meinde) reden", erteilten sie auch den Frauen das Recht, in ihren Versammlungen lehrend aufzutreten, indem sie sich auf die Stelle des Propheten Joel beriefen, wo es

heißt: „Eure Söhne und Töchter sollen weißsagen,"
und das Verbot des Apostels nur als gegen die Geschwätzig=
keit der korinthischen Frauen gerichtet ansahen.

Ihre gottesdienstlichen Versammlungsorte entbehrten
jeglichen Schmuckes. Da sah man keine Kanzel, keinen
Altar, keine Bilder, sondern nur nackte, weiß getünchte
Wände. Auch keine Musik, kein Gesang wurde gehört.
Ohne Glockenklang kam die Gemeinde zur bestimmten Stunde
zusammen, und jeder verharrte im tiefsten Schweigen, bis
sich irgend Jemand, mochte es Mann oder Weib sein,
zum predigen und beten getrieben fühlte. Oft ging man
auch, wenn dies nicht eintrat, nach stundenlangem lautlosem
Harren auseinander und begnügte sich mit dem inneren
Gottesdienste, den Jeder dann in seinem Herzen verrichtete.

Den kirchlichen Zehnten sowie andere Abgaben an die
Kirche verweigerten sie deßhalb, weil diejenigen, welche
der heilige Geist zum predigen berufe — und das seien
allein die rechten Prediger — diese Gabe frei und um=
sonst empfingen und sie deßhalb auch frei und umsonst
zum gemeinen Nutzen zu verwenden hätten.

Taufe und Abendmahl verwarfen sie als äußere Cere=
monien und legten nur Wert auf die innerliche Geistes=
taufe, die Jeder empfangen müsse und auf die innere
Geistes= und Lebensgemeinschaft mit dem Herrn Jesu,
durch die man doch allein ein lebendiges Glied an dem=
selben sei.

Die Ehe sahen sie zwar als eine heilige göttliche Ord=
nung an, enthielten sich aber bei ihrer Schließung jeder
Feierlichkeit. Die einfache Anmeldung in der öffentlichen
Versammlung und ein von derselben ausgestelltes Beglau=
bigungs=Schreiben genügte. Auch die Beerdigungen ge=
schahen in aller Stille, und wurden weder Trauerkleider

dabei angelegt, noch wurde es gestattet, den Verstorbenen Denkmäler zu errichten.

In ihrem äußeren Leben enthielten sich die Quäker auf das Strengste aller Lustbarkeiten und alles Aufwandes. Theaterbesuch, Jagd, Tanz, Spiel, das Lesen weltlicher Bücher: das Alles versagten sie sich, weil sie darin nur Lockmittel zur Sünde sahen. In ihrer Kleidrng befleißig= ten sie sich der höchsten Einfachheit. Ein schlichter, schwarzer Rock ohne Kragen und ein breitkrämpiger Hut war die stehende Tracht der Männer, ein aschgraues einfaches Kleid und ein ebenfalls grauer Hut ohne jeglichen Auf= putz, dazu höchstens noch ein lichtes Umschlagtuch die der Frauen.

Im geselligen Verkehre vermieden sie jeden Titel und jede leere Höflichkeits=Redensart, nahmen vor keinem Men= schen, selbst vor dem Könige nicht, den Hut ab und redeten Jeden, wer es auch sein mochte mit „Du“ an.

Wie den Eid, so verwarfen sie auch ganz und gar den Kriegsdienst, ja selbst den Handel mit Kriegsbedürf= nissen, ebenso wie den mit Gegenständen des Luxus.

Die gewöhnlichen Namen der Monate und Wochen= tage gebrauchten sie nicht, weil dieselben teilweise heidnischen Ursprungs seien und benannten Monate und Wochentage nur nach der Zahlenordnung, sodaß der Januar der erste, der Februar der zweite ꝛc. Monat hieß und der bestimmte einzelne Tag als der so und so vielte Tag des so und so vielten Monates bezeichnet wurde.

In ihrer Verfassung galt der Grundsatz völliger Gleich= heit aller Glieder. Die Mitglieder einer Ortsgemeinde, oder wenn dieselbe zu klein war, die Mitglieder der zu= nächst liegenden dazugeschlossen, versammelten sich monat= lich, um über den Lebenswandel der Einzelnen, die Zucht=

mittel gegen etwa Gefallene und anstößig Wandelnde zu
beraten und zu bestimmen, ebenso auch über die Pflege
der Armen, und über die Schul= und Wohlthätigkeitsan=
stalten, denen große Sorgfalt zugewendet und große Opfer=
willigkeit entgegengebracht wurde. Auch Streitigkeiten wurden
in diesen monatlichen Versammlungen geschlichtet, sodann
die Aufnahme neuer Mitglieder besprochen und die zur
Führung der Geschäfte notwendigen Beamten gewählt, die
aber weder irgend ein Gehalt bezogen, noch irgend ein
Vorrecht hatten.

Über diesen monatlichen Versammlungen der einzelnen
Gemeinden standen vierteljährliche Versammlungen, zu denen
alle Gemeinden eines größeren Bezirks Abgeordnete sandten,
und von diesen vierteljährlichen Versammlungen wurde
dann endlich die große Jahresversammlung beschickt, welche
für die ganze Gesellschaft der Freunde im Lande die ge=
setzgebende Gewalt ausübte in allen Sachen der Verfassung,
der Zucht und Sitte und bei allen Streitigkeiten die end=
gültige Entscheidung zu treffen hatte.

Fassen wir all das Gesagte zusammen, so ergibt sich
bei den Quäkern das ernste, aufrichtige Bestreben, dem
starren Buchstabendienste, dem geistlichen Formenwesen, der
selbstsüchtigen Priesterherrschaft, die in der herrschenden
Kirche eingerissen waren, mit Entschiedenheit entgegenzu=
treten und dafür eine Verinnerlichung des Christentums,
eine den Vorschriften des göttlichen Stifters und dem Vor=
bilde der ersten Christengemeinde entsprechende Sittenrein=
heit und Lebenseinfachheit herbeizuführen.

Wer sollte über diesem löblichen und heilsamen Streben
nicht gerne einzelne Sonderbarkeiten übersehen wollen, da=
zu sich die Quäker hinreißen ließen! Wer dürfte der sanft=
mütigen, ausharrenden Geduld seine Anerkennung ver=

sagen, mit der sie ihren Zweck verfolgten und lieber die
härtesten Verfolgungen erdulbeten, als daß sie sich von dem
einmal betretenen und für richtig erkannten Wege ab=
bringen ließen! Wer dürfte also — denn das war ja der
Zweck, zu dem wir das Quäkertum im Vorstehenden zu
schildern versucht haben — wer dürfte den Helden unseres
Büchleins darum ansehen, daß er ein Quäker war!

Gehen wir dann also jetzt an die Lebensgeschichte
dieses Quäkers heran, dessen Namen weit über die Grenzen
seiner Secte hinaus berühmt geworden ist und nicht ver=
gessen werden wird, solange der Staat besteht, der seinen
Namen trägt, und solange von den zahllosen Städten und
Dörfern jenes Staates, die auch mit seinem Namen ge=
schmückt sind, noch ein Stein auf dem andern ist, ja so=
lange es eine Geschichte gibt, die Allen, welche sich um
die Menschheit verdient gemacht haben, unparteiische Ge=
rechtigkeit widerfahren läßt.

III.

William (oder zu deutsch: Wilhelm) Penn ent=
stammte einer alten englischen Familie, die schon zu An=
fang des 15. Jahrhunderts in der Grafschaft Buckingham=
shire im südlichen Teile Englands ansässig war, von der
aber später ein Zweig in die benachbarte Grafschaft
Wiltshire übersiedelte. Denn dort befindet sich in der
Kirche der Stadt Mintye das Grabdenkmal eines im Jahre
1591 verstorbenen William Penn. Allein erst dessen Enkel
gleichen Namens, der Vater unseres William Penn, brachte
den Namen der Familie zu hoher Ehre.

Unter den Augen seines Vaters, der Kapitän eines
Kauffahrteischiffes war und mit demselben nicht allein die

Handelsstädte Spaniens und Portugals, sondern auch wol die fernen Küsten Kleinasiens besuchte, zum tüchtigen See= mann herangebildet, trat er später in den Dienst des Staates und zeichnete sich darin so aus, daß er in seinem zwanzigsten Jahre den Rang eines königlichen Seekapitäns bekleidete. Als solcher heirathete er im Jahre 1683 die schöne geistreiche Margarethe Jasper, die Tochter eines Rotterdamer Kaufmanns und hatte nun kein anderes Streben, als das, sich einen großen Namen zu machen und seine Familie zu einer Höhe zu erheben, welche sie bisher nicht inne gehabt hatte.

Und dieses Ziel erreichte er auch, teils durch seine wirkliche Tüchtigkeit im Seewesen, teils auch durch kluges Benutzen der Zeitverhältnisse zu seinen Gunsten. Die erstere muß ja unstreitig bei ihm zu finden gewesen sein, wenn auch Penns Name nicht gerade unter denen der ersten englischen Seehelden genannt wird. Denn er wurde schon in seinem 23. Lebensjahre zum „Contre=Admiral" befördert, zwei Jahre später zum „Vice=Admiral" im irländischen Meere und wiederum zwei Jahre später zum Vice=Admiral in der Meerenge von Gibraltar, und das alles zu einer Zeit, als in der englischen Flotte nur wirkliches Verdienst und sichtbare Erfolge in die Höhe halfen.

Aber auch die Zeitumstände wußte Sir William Penn klüglich zu benutzen. Denn obwol im Herzensgrunde der königlichen Partei zugethan, trug er doch kein Bedenken, sich der Volkspartei zuzuwenden, als sich unter Karl I. diese Parteien so schroff einander gegenüberstellten, da er in ruhiger Erwägung der Verhältnisse voraussah, daß die königliche Partei unterliegen werde und dem schwer ge= reizten Volke, der erbitterten Volksvertretung gegenüber unterliegen müsse. Und als das Haupt des Königs unter

dem Henkerbeile gefallen war, und Oliver Cromwell die
Zügel der Regierung ergriffen hatte, säumte er nicht, diesem
seine Huldigung alsbald zuzusenden.

Cromwell mochte zwar seinerseits gegen die Aufrichtigkeit dieser Huldigung gerechte Bedenken haben; aber er
kannte Sir William Penn als einen ehrgeizigen empor-
strebenden Weltmann und durfte von ihm annehmen, daß
es gelingen werde, ihn durch Begünstigungen ganz für die
Republik gegen das Königtum zu gewinnen. Auch bedurfte
er seiner in der That. Denn es handelte sich jetzt um
einen Seekrieg gegen Holland, welches die von Cromwell
gewünschte Vereinigung mit der englischen Republik schnöde
zurückgewiesen, und dem das englische Parlament dafür
durch die Schiffahrts-Akte von 1651 einen bösen Streich
gespielt hatte. Diese Akte bestimmte nämlich, daß fortan
überseeische Waaren in England nur auf englischen Schiffen
eingeführt werden dürften und stellte dadurch den schwung-
haften Handel gänzlich in Frage, den Hollands Schiffe
bisher nach den englischen Häfen getrieben hatten. Da
war ein Krieg mit Holland, der natürlich nur ein Seekrieg werden konnte, unvermeidlich und Cromwell bedurfte
dazu notwendig eines so seetüchtigen Mannes, wie Sir
William Penn. Der junge Admiral rechtfertigte auch
vollständig das Vertrauen, welches Cromwell in seine Tüchtigkeit setzte, und es war wesentlich sein Verdienst, daß
der nun wirklich ausbrechende Seekrieg mit Holland, in
welchem 10 große Seeschlachten geliefert wurden, mit einem
vollständigen Siege über die holländische Seemacht endigte.

Ebenso zeichnete sich Sir William Penn auch in dem
Seekriege mit den Spaniern aus, in welchem ihm die
Aufgabe zugeteilt wurde, in Westindien die Herrschaft
Spaniens zu schädigen. Er eroberte die Insel Jamaica

unb schlug sie zu den englischen Besitzungen, wenn er auch
ben verunglückten Versuch des ihm beigegebenen Generals,
auch die spanische Insel Hispaniola zu erobern, nicht wieder
gut machen konnte.

Sir William Penn war so klug gewesen, ehe er sich
nach Westindien einschiffte, seine Bedingungen mit Crom=
well zu machen. Er hatte dafür, daß seine Besitzungen
in Irland durch den Bürgerkrieg sehr gelitten hatten, eine
Entschädigung von Cromwell verlangt und es auch durch=
gesetzt, daß ihm in Irland bedeutende Ländereien über=
wiesen wurden zugleich mit der Zusicherung, daß seine
zurückbleibende Familie auf das Beste geschützt werden
sollte. Das kam ihm jetzt sehr zu Statten. Denn als
er von Westindien heimkehrte, wurde er von Cromwell
ohne weiteres seiner Admirals=Würde entsetzt, und sogar
ins Gefängnis gelegt, weil man ihm die Schuld an dem
verunglückten Unternehmen auf die Insel Hispaniola beimaß.

An diesem Verfahren Cromwells war jedoch ohne Zweifel
der Umstand schuld, daß Sir William Penn, dessen Scharf=
blick für die englische Republik keine lange Dauer voraussah
und der nicht zweifelte, daß nach dem Tode des alternden
Protektors jedenfalls der Sohn des hingerichteten Königs
auf den Thron kommen werde, mit diesem Karl II., der sich
damals in Köln a. Rhein aufhielt, insgeheim Verbind=
ungen angeknüpft und ihm die ganze unter seinem Befehle
stehende Flotte zur Verfügung gestellt hatte. Dieses An=
erbieten wurde zwar von dem vermutlichen Thronerben
nicht angenommen, weil er vorläufig noch keinen Nutzen
davon ziehen könne; aber Cromwell hatte davon Kenntnis
erlangt, und sein strenges, hartes Verfahren gegen den
heimkehrenden Admiral galt mehr dessen treulosem Verrate,
als der Erfolglosigkeit beim Kampfe um Hispaniola.

Wir haben dies zu erzählen für nötig gehalten, um
erkennen zu lassen, wes Geistes Kind der Vater unseres
Helden war und wie wenig bei dem letzteren das Sprüch=
wort zur Wahrheit geworden ist: „Der Apfel fällt nicht
weit vom Stamm."

Glücklicherweise aber war seine Mutter von einem
anderen und besseren Geiste beseelt. Denn als der Vater,
wie wir nachher hören werden, sich mit dem Sohne wegen
dessen Gemeinschaft mit den verachteten Quäkern völlig
überwarf und ihn sogar für eine Zeit lang aus dem Hause
jagte, war es die Mutter, die den Verstoßenen heimlich
mit Geld versah. Ihr scheint demnach der ernste religiöse
Sinn des Sohnes, der denselben zu den Quäkern hin=
zog, kein Ärgerniß gewesen zu sein; sie hat denselben viel=
mehr selber geteilt.

Doch es ist nun Zeit, daß wir von den Eltern zu dem
Sohne kommen, der als der Erstgeborene des Hauses am
14. Oktober 1644 zu London das Licht der Welt erblickte,
als sein Vater mit dem Kriegsschiffe, welches seinem Com=
mando anvertraut worden war, gerade die Themse hinunter=
schwamm.

Seine erste Erziehung verdankte er, da der Vater durch
seinen Beruf meistens vom Hause fern gehalten wurde,
lediglich der Mutter, und nach dem, was wir soeben von
derselben erzählen durften, ist wol anzunehmen, daß diese
Erziehung eine solche war, die schon frühe in das em=
pfängliche Kindesherz den Samen der Frömmigkeit aus=
streute. Denn wo schon so frühe und so entschieden wie
bei dem jungen William ein ernster Sinn und eine strenge
Gewissenhaftigkeit an den Tag tritt, da kann dies nur
den tiefen heilsamen Eindrücken zugeschrieben werden, welche
schon das Kind empfing.

William war erst elf Jahre alt, als seinem Vater das vorhin Erzählte begegnete, daß er seines Amtes entsetzt und gefangen genommen wurde. Aber er war doch schon alt genug, um einzusehen, was das heiße, und an der tiefen Erschütterung schmerzlichen Anteil zu nehmen, welche seiner guten Mutter durch das traurige Ereigniß bereitet wurde. Wie ein düsterer Schatten fiel dasselbe auf sein harmloses Knabenleben und gab seiner jugendlichen Fröhlichkeit einen empfindlichen Stoß. Vielleicht daß ihm schon jetzt die Erkenntniß aufging, wie wenig im weltlichen Leben wahres Glück zu finden sei, und wie übel der doch daran sei, dessen ganzes Denken und Streben in diesem Leben wurzele.

Die Gefangenschaft des Vaters dauerte indessen nicht lange. Auf ein Gnadengesuch an den Protector wurde er seiner Haft entlassen und vergrub nun seinen tiefgekränkten Ehrgeiz auf dem Landgute in Irland in der Nähe der Stadt Cork, welches er zum Lohne für seine im holländischen Seekriege geleisteten Dienste erhalten hatte. Dorthin nahm er auch seine Familie mit, die sich inzwischen um zwei Kinder vermehrt hatte, um eine Tochter Namens Margarethe und einen Sohn Namens Richard.

In der frischen freien Luft des Landes, unter den harmlosen kräftigenden Vergnügungen und Geschäften des Landlebens, denen er sich mit Lust und Eifer hingab, wuchs William Penn der Jüngere zu einem schlanken aber kräftigen Jünglinge heran. Aber es kam nun auch die Zeit, daß der Vater auf seine geistige Ausbildung Bedacht nehmen mußte, die ihm hier auf dem Lande nicht in genügendem Maße gegeben werden konnte. Der Entschluß kam zur Reife, William demnächst der berühmten Hochschule zu Oxford zu übergeben.

Allein es sollte sich damit doch noch eine Weile hin=
ziehen. Denn es trat jetzt ein Ereigniß ein, welches den
Vater mehr in Anspruch nahm, als die Sorge um die
Ausbildung seines Sohnes, weil es ihm für seinen Ehr=
geiz neue hoffnungsreiche Aussichten eröffnete.

Am 3. September 1658 starb nämlich der Protektor
Oliver Cromwell. Als die Nachricht seines Todes nach
Irland kam, tauchten auch bei Williams Vater sofort wieder
die alten unvergessenen Pläne auf, zur Rückführung Karls
II. auf den Thron mitzuhelfen und sich dadurch am Hofe
des jungen Königs, welchen er sich schon durch das An=
erbieten der Flotte so geneigt bewiesen hatte, eine neue
glänzende Laufbahn zu sichern.

Zunächst durfte er es freilich noch nicht wagen, diese
Pläne auch wirklich in Ausführung zu bringen, wenn er
sich nicht neue Verlegenheiten bereiten wollte. Denn die
republikanische Partei hatte einstweilen noch die volle Macht
in Händen und nach Oliver Cromwells Tode wählte der
Staatsrat dessen Sohn Richard zum Nachfolger seines
Vaters. Aber kaum hatte dieser in der Erkenntniß seiner
Unfähigkeit, das Staatsruder mit den kräftigen Händen
des Vaters weiter zu führen, die ihm übertragene Würde
niedergelegt; kaum wurde es laut, daß der Staatsrat eine
Botschaft von Karl II. erhalten habe und sich zu dessen Zurück=
führung auf den englischen Thron geneigt zeige: da hielt
auch nichts mehr den ehrgeizigen Penn zurück, sofort nach
Holland hinüberzueilen, um ja unter den ersten zu sein,
die dem neuen Könige ihre Huldigung darbrächten.

Der Ritterschlag, welchen er von dem dankbaren Könige
empfing, war nur ein Stachel zu neuer Thätigkeit im In=
teresse des Königs. Und er mußte diese so erfolgreich zu
üben, daß er nicht nur durch seinen Einfluß bei den Offi=

zieren der Flotte diese für Karl II. gewann, sondern auch
seine Wahl in das Parlament zuwege brachte und so helfen
konnte, die Rückberufung Karls II. zu beschließen. Wieder
war er dann unter den ersten, die dem Könige diesen
Beschluß nach Holland überbrachten und setzte sich dadurch
völlig in dessen Gunst fest.

Jetzt erst, wo der Grund zu einer neuen, glänzenden
Zukunft für sich und seine Familie gelegt war, gewann
er Ruhe und Zeit, sich wieder mit seinem Sohn zu beschäftigen, und brachte denselben nun wirklich auf die Schule
zu Oxford.

Der junge Student mochte aber dort wol schnell heraus-
finden, daß der Unterricht, den er bisher empfangen, in
seinem Wissen große Lücken gelassen hatte, und daß er
an Kenntnissen weit hinter seinen Altersgenossen zurück
stand. Er entwickelte deßhalb einen großen Fleiß und
betrieb seine Studien so unermüdlich, daß er rasch das
fehlende eingeholt hatte und sich der vollen Zufriedenheit
seiner Lehrer erfreute. Daneben gewann er sich auch
durch sein liebenswürdiges Wesen, sowie durch seine Geschicklichkeit in körperlichen Übungen, die er sich während
seines Landaufenthalts in Irland angeeignet hatte, die un-
geteilte Liebe seiner Kameraden.

Aber ein so geschickter Ruderer, ein so behender Springer,
ein so sicherer Jäger er auch war, er vernachlässigte doch
darüber nie das Höhere und Wichtigere. Wie er unermüdlich den Wissenschaften oblag und sich nicht nur eine
vollkommene Kenntnis der alten, sondern auch der leben-
den Sprachen aneignete, so daß es ihm möglich wurde,
in französischer, deutscher, holländischer und italienischer
Sprache eine Unterhaltung zu führen, so wendete er auch
eine gleichmäßige, ja noch höhere Teilnahme den religiösen

Angelegenheiten zu, welche für ihn nie ihre Wichtigkeit verlieren konnten.

Was ihn besonders anzog, waren die von christlichem Ernste erfüllten Schriften der Puritaner, die gerade jetzt in reicher Fülle veröffentlicht wurden, da sich am Hofe des Königs mehr und mehr das Bestreben geltend machte, allerlei katholische Gebräuche in den Gottesdienst einzuführen und auch die Hochschulen auf gleichem Fuße umzugestalten. Dagegen zu protestieren wurde für Penn wie für eine große Anzahl seiner Mitstudenten ernste Gewissenssache, so ungern er sich auch dazu entschloß, den Plänen des Königs entgegenzutreten, bei welchem sein Vater in so hohem Ansehen stand, der aber allerdings durch das leichtsinnige, sittenlose Leben, welches er führte, dem ernst gerichteten Jünglinge weder besondere Ehrfurcht, noch auch persönliche Zuneigung abgewinnen konnte.

Es war um diese Zeit, daß Penn in Oxford wieder mit einem Manne zusammentraf, den er schon als Knabe kennen gelernt, und der damals schon einen tiefen Eindruck auf ihn gemacht hatte. Das war Thomas Loe, ein Anhänger des Quäkers Fox, der dessen Lehren durch seine Predigten auszubreiten suchte, und zu dem Ende auch nach Irland hinübergefahren war. Wahrscheinlich auf Veranlassung der frommen Hausfrau war er da eingeladen worden, auch im Hause Penns eine Versammlung zu halten, und es hatte sich dem damals elfjährigen William unvergeßlich eingeprägt, welch tiefen erschütternden Eindruck diese Predigt auf sämmtliche Zuhörer gemacht hatte, wie ein Diener des Hauses laut zu schluchzen anfing und selbst dem Vater die Thränen in die Augen traten, der doch sonst religiösen Rührungen nicht leicht zugänglich war. Damals hatte der elfjährige Knabe schon den Gedanken in sich aufkommen lassen, wie schön es doch sein würde, wenn alle Leute Quäker würden.

Jetzt kam derselbe Thomas Loe nach Oxford, um auch dort Versammlungen zu halten und was war natürlicher, als daß der junge Student, welcher durch das Lesen der puritanischen Schriften und durch den Widerstand gegen die unliebsamen Neuerungen im Gottesdienste und den Ordnungen der Schule auf das Tiefste erregt war, mit seinen gleichgesinnten Genossen die. Versammlungen des Quäkers besuchte! Und siehe, was der Knabe einst nur unbeutlich gefühlt und geahnt hatte, das wurde dem Jünglinge jetzt zur festen und klaren Gewißheit, daß den Predigten Loe's die rechte göttliche Wahrheit zu Grunde liegen müsse. Er selbst sowol wie seine Genossen nahmen aus der Predigt des Quäkers einen tiefen, bleibenden Eindruck mit. Sie weigerten sich nun, an dem regelmäßigen Gottesdienste der Hochschule teil zu nehmen, in welchem schon die verhaßten Ceremonien eingeführt waren und konnten sich auch nicht enthalten, über diese in verächtlichen Ausdrücken zu reden.

Als dies zur Kenntnis ihrer Lehrer gekommen, als besonders auch ihre Teilnahme an der quäkerischen Versammlung bekannt geworden war, wurden sie zur Rechenschaft gezogen, und nicht allein auf das Nachdrücklichste verwarnt, sondern auch mit einer Strafe belegt.

Das hieß aber bei den jungen erregten Leuten Öl ins Feuer gießen. Penn und seine Genossen sahen in dem gegen sie eingeschlagenen Verfahren einen unberechtigten Gewissenszwang, gegen den sich aufzulehnen, heilige Pflicht sei und erhitzten sich, wie es ja in solchen Fällen bei der Jugend immer zu geschehen pflegt, gegenseitig immer mehr gegen das ihnen widerfahrene vermeintliche Unrecht. Sie

hielten unter einander Privatversammlungen zu religiöser
Erbauung, weigerten sich, die den Studenten vorgeschrie=
bene Kleidung zu tragen und ließen sich sogar soweit hin=
reißen, andere Studenten, die diese Kleidung trugen, auf
der Straße anzugreifen und ihnen die widerwärtige Tracht
abzureißen.

Die natürliche Folge war, daß sie als Widerspenstige
von der Schule weggejagt wurden, vorab William Penn,
der in dem veranstalteten Verhöre zu seiner und seiner
Gefährten Verteidigung kühn und rückhaltlos gesprochen
hatte, wie es ihm um's Herz war.

Es läßt sich leicht denken, welchen Eindruck dies bei
Penns Vater machen mußte, welcher bei den hochfliegen=
den Plänen, die er für seine Familie ins Auge gefaßt,
mit Sicherheit auf den hoffnungsvollen Sohn gerechnet
hatte, als auf denjenigen, der nach seinem Tode diese
Pläne zum geträumten Ziele führen sollte. Für ihn, den
kalten, berechnenden Weltmann, war es geradezu unbe=
greiflich, wie sich ein nur halbwegs vernünftiger Mensch
durch religiöse Dinge so konnte hinreißen lassen, und
die Schande, daß sein Sohn und Erbe von der Hochschule
ausgeschlossen worden sei, beleidigte auf's tiefste sein
ehrgeiziges Herz.

Es war drum ein übler Empfang, den William bei
seinem Heimkommen im Vaterhause fand. Eine Zeit lang
wollte der Vater den entarteten Sohn gar nicht vor seine
Augen kommen lassen, und als er dies endlich doch that,
empfing er den Sohn mit den bittersten Vorwürfen und
befahl ihm auf das Strengste, nicht nur seine lächerlichen
religiösen Ansichten aufzugeben, sondern auch jeden Ver=
kehr mit den Freunden abzubrechen, mit welchen er zu
Oxford umgegangen war. Als William dieses, zwar in

der ehrerbietigsten Weise, aber doch bestimmt und ent=
schieden ablehnte, bis er von der Verkehrtheit seiner ge=
wonnenen Ansichten überzeugt sein würde, geriet der Vater,
als Seemann an unbedingten Gehorsam gewöhnt, in solche
Entrüstung, daß er sogar zum Stocke griff und William
mit Stubengefängnis belegte.

Ruhiger geworden, gewann er indessen bald die Über=
zeugung, daß mit solcher Strenge nicht zu helfen sei. Denn
William ging wol ernst und niedergeschlagen umher und
mied jede Gesellschaft, aber unterhielt, wie dem Vater be=
kannt wurde, einen lebhaften Briefwechsel mit seinen
puritanischen Freunden.

Da verfiel der Vater auf einen anderen Ausweg.
Selbst ein Welt= und Lebemann, kannte er nur zu gut
die verführerische Macht weltlicher Geselligkeit und welt=
licher Vergnügungen, ein ernstgesinntes Herz um seinen
Ernst zu bringen und es im Taumel der Sinnenlust alles
Höhere und Heilige vergessen zu lassen. Und mit dieser
bedenklichen Arznei wollte er es jetzt auch bei dem Sohne
versuchen, dessen inneres Leben nach seiner Ansicht einer
gründlichen Heilung bedurfte.

Er hatte erfahren, daß eine Anzahl junger Männer
aus den höchsten Familien Englands sich verabredet hatten,
zu ihrer Ausbildung das europäische Festland zu besuchen,
und zwar zunächst Frankreich und seine glänzende Haupt=
stadt Paris. Diesen sollte sich William anschließen, denn
der kluge Vater rechnete richtig, daß schon allein ein längeres
Zusammensein mit jungen lebenslustigen Leuten, die nichts
weniger als quäkerische Ansichten und Lebensgewohnheiten
hatten, den Sohn bald auf andere Gedanken bringen würde.
Und was deren Gesellschaft und Beispiel etwa nicht fertig
bringen sollte, wie hätte das den lockenden Vergnügungen,

ben verführerischen Genüssen der französischen Hauptstadt
mißlingen können, wo König Ludwig XIV. mit seinem
Hofe der ganzen Nation das leichtfertigste, sittenloseste
Leben vorlebte.

So wenig dem jungen Penn diese Reise und vorab
die Gesellschaft, in welcher er sie machen sollte, nach seinem
Sinne war, so wollte er doch nicht durch Widerstreben
gegen die Pläne des Vaters dessen kaum ein wenig ver-
rauchten Zorn auf's neue reizen. Der Aufenthalt im
väterlichen Hause mochte ihm ohnehin unter den obwalten-
den Umständen kein besonders angenehmer und erfreu-
licher sein.

So fügte er sich denn ohne Widerrede in den Willen
des Vaters und reiste mit den für ihn erwählten Gefährten ab, reichlich versehen mit Empfehlungsschreiben, welche
ihm die höchsten Kreise der französischen Gesellschaft eröffneten.

Leider erwies sich die Rechnung des weltklugen Vaters
nur allzu richtig, und die Gesellschaft, in welche er den
Sohn gebracht hatte, nur allzu geeignet, bei diesem die
gewünschte Veränderung herbeizuführen. Penn sah sich
unversehens von seinen Gefährten in einen Strudel von
Vergnügungen hineingezogen, an denen er anfangs zwar
nur mit innerem Widerstreben sich beteiligte, denen er
aber von Tag zu Tag größeren Geschmack abgewinnen
lernte, und die ihm dann durch ihren unaufhörlichen Wechsel
gar keine Zeit ließen, sich ernsteren Gedanken zu überlassen. Sogar am königlichen Hofe wurde er eingeführt
und dem Könige selbst vorgestellt, sobaß ihn auch das
glänzende leichtfertige Hofleben mit seinen verführerischen
Netzen umgarnte.

Allein auch das zügellose Leben und Treiben, welches

ihn umgab, und in welches er sich, kaum mehr wider=
strebend, hineinziehen ließ, vermochte doch nicht, die beſſere
Natur in Penn ganz zu unterdrücken, wie folgender Vor=
fall beweiſt, der ihm in Paris begegnete.

Eines Abends kehrte Penn ſpät aus einer Geſellſchaft
zurück, den Degen an der Seite, wie es die franzöſiſche
Mode erheiſchte. Plötzlich ſah er ſich von einem ver=
mummten Menſchen angehalten, der ihn aufforderte, den
Degen zu ziehen und ihm für eine Beleidigung Genug=
thuung zu geben. Vergebens verſicherte Penn dem An=
greifer, daß er ſich nicht im mindeſten bewußt ſei, ihn
beleidigt zu haben, da er ihn ja gar nicht einmal kenne.
Jener blieb dabei, Penn habe ihn beleidigt und zwar da=
durch, daß er ſeinen Gruß nicht erwidert habe. Der
Wortwechſel hatte ſchon eine Anzahl von Zuhörern her=
beigeführt, und wollte Penn nicht in deren Augen als ein
Feigling erſcheinen, der die verlangte Genugtuung ver=
weigere, ſo mußte er ſeinen Degen mit dem ſchon ent=
blößten des Gegners kreuzen. Wenn aber, wie es nicht
unwahrſcheinlich iſt, dieſer Zweikampf durch ſeine Freunde
abſichtlich herbeigeführt war, um Penn einmal die Waffe
in die Hand zu nötigen, die ihm ſeine quäkeriſche Anſicht
zu ergreifen und zu brauchen verbot, ſo ſpielte derjenige,
der die Rolle des Ausforderers übernommen hatte, ein
ziemlich gefährliches Spiel. Denn bei ſeiner Gewandt=
heit in körperlichen Übungen hatte Penn die Kunſt des
Fechtens ſehr ſchnell und gründlich gelernt. Schon nach
ein paar Gängen gelang es ihm, ſeinem Gegner den Degen
aus der Hand zu ſchlagen. Die Zuſchauer glaubten nun
ſicher, er werde den Entwaffneten niederſtoßen, wozu er
nach den allgemein gültigen Geſetzen des Zweikampfs be=
rechtigt geweſen wäre. Aber ſtatt deſſen gab er ihm den

abgerungenen Degen mit einer höflichen Verbeugung zu=
rück und entzog sich schweigend den staunenden Zuschauern.
Menschenblut zu vergießen gestattete ihm sein Gewissen
wenigstens nicht, wenn es ihm auch das Mitmachen der
herrschenden Unsitte des Zweikampfs gestattete.

Mit großer Freude vernahm der Vater von der Ver=
änderung, welche sich seinen Erwartungen gemäß bei dem
Sohne vollzogen hatte, und um dieselbe zu einer recht
durchgreifenden und nachhaltigen werden zu lassen, befahl
er William, noch länger auf dem Festlande zu verweilen
und dasselbe noch in weiterem Umfange als bisher zu be=
reisen. Er war nämlich jetzt wol im Stande, die Kosten
dafür aufzubringen, da er durch die Huld des Herzogs
von York, des königlichen Bruders, eine hohe und ein=
trägliche Stelle in der Flottenverwaltung erhalten hatte.
Und wie gerne hätte ja der ehrgeizige Vater selbst wirk=
liche Opfer gebracht, um den Sohn als einen Mann nach
seinem Sinne aus der Fremde heimkehren zu sehen.

Ob indessen die Hoffnungen des Vaters nicht doch zu
hoch gingen? — Daß unserem Penn, wenn er sich auch im
äußeren zum vollendeten Weltmann umgestaltet hatte, doch
im Strudel des pariser Lebens noch nicht jedes ernstere
Streben verloren gegangen war, geht daraus hervor, daß
er von Paris aus nach Saumur an der Loire ging, wo=
hin ihn der Ruf des berühmten Gottesgelehrten Moses
Amyralt zog, dessen eifriger Zuhörer er nun eine Zeit
lang wurde, und mit dem er auch in persönliche Berührung
kam. Von da aus bereiste er nach des Vaters Wunsch noch
mehrere Teile Frankreichs und richtete dann seinen Wan=
derstab nach Italien, um sich auch mit der italienischen
Sprache so vertraut zu machen, wie er es mit der fran=

zösischen geworden war, und um an den reichen Kunst=
schätzen dieses Landes seinen Geschmack zu bilden.

IV.

Im Jahre 1664 kam es zu einem neuen Seekriege
zwischen England und Holland, welches letztere die An=
legung von englischen Colonien an der Küste von Guinea,
wo es bisher allein den Handel betrieben hatte, nicht dul=
den wollte und dieselben durch den Admiral de Ruyter
ohne weiteres zerstören ließ. Der Herzog von York, der
Bruder König Karls II. war dazumal Oberadmiral der
englischen Flotte, und da er die Dienste des ihm befreun=
deten ehemaligen Admirals Penn im bevorstehenden Kriege
nicht glaubte entbehren zu können, ernannte er denselben
zum Groß=Commandanten, der sein eigenes Flaggenschiff
befehligen sollte.

Dies veranlaßte Sir William Penn, seinen Sohn zu=
rückzurufen, zumal als sich das Gerücht verbreitete, der
König von Frankreich neige sich den Holländern zu, und
der Vater deßhalb für die Sicherheit des Sohnes in Frank=
reich besorgt zu werden anfing. Überdies sollte der Sohn
während seiner eigenen Abwesenheit bei der Flotte, die
Angelegenheiten der Familie leiten.

So kehrte denn William in die Heimat zurück, und
der Vater konnte sich nach seinen Ansichten nur Glück
wünschen zu dem Erfolge, welchen die zweijährige Abwesen=
heit des Sohnes bei diesem hervorgerufen hatte. Da war
keine Spur mehr von jenem ernsten, stillen Wesen, welches
ihm vor seiner Reise eigen gewesen war und ihn sich von
allen weltlichen Vergnügungen hatte zurückziehen lassen.

Ein lebhaftes, munteres Wesen, gewürzt durch einen stets
schlagfertigen Witz, und eine große Gewandtheit in leichter,
geselliger Unterhaltung war an seine Stelle getreten. Dabei
hatte sich William körperlich sehr vorteilhaft entwickelt
und zeichnete sich sowol durch eine kräftige, männliche Ge=
stalt, wie durch Züge von fast weiblicher Schönheit aus.
In Kleidung und Benehmen hatte er vollständig die Art
der feinen französischen Gesellschaft angenommen.

Um jede Rückkehr zu seinen früheren Genossen zu ver=
hindern, erhielt ihn der Vater geflissentlich in fortwähren=
dem Verkehre mit hochgestellten Weltleuten und führte ihn
auch am königlichen Hofe ein, der an leichtfertigem Wesen
und lockeren Sitten dem französischen kaum nachstand.
Zugleich ließ er ihn aber auch die hohe Schule Lincolns=Inn
besuchen, um sich dort mit der Rechtswissenschaft bekannt
zu machen, welche ihm für die hohe gesellschaftliche Stellung,
die für ihn ins Auge gefaßt war, unentbehrlich war. Und
durfte der Vater nicht eine solche Stellung für den so
vorteilhaft veränderten Sohn in Aussicht nehmen, da er
der besondere Günstlig sowol des regierenden Königs Karl
II. wie auch des Herzogs von York war, dem nach Karls
Tode der Thron zufallen mußte?

Allein Vater Penn mußte doch der so unerwarteten
und so freudig begrüßten Umwandlung des Sohnes in
Bezug auf ihre Haltbarkeit kein unbedingtes Zutrauen
schenken. Denn als er im März 1665 sich mit dem Her=
zoge von York für den holländischen Krieg einschiffte, nahm
er den Sohn mit sich und entzog ihn ohne Bedenken den
in Lincolns=Inn eben erst begonnenen Rechtsstudien. Es
mochte ihm doch als das Sicherste erscheinen, ihn einst=
weilen noch unter den eigenen Augen und in einer Um=

gebung zu behalten, die ihn zu einem Rückfalle in das alte Wesen nicht kommen ließ.

Allein schon nach drei Wochen, als kaum die ersten Zusammenstöße mit der holländischen Flotte stattgefunden hatten, gab es durch diese kluge väterliche Rechnung einen Strich. Der junge William Penn wurde nämlich von dem Herzoge von York mit Depeschen für den König nach London zurückgesandt und fand als willkommener Bote die beste Aufnahme am Hofe. Er blieb denn jetzt auch in London, um das Studium der Rechtswissenschaft fortzusetzen und zu vollenden.

Da brach plötzlich in London die Pest aus, und zwar in einer Weise und in einem Maße, die auch den Leicht- sinnigsten in Schrecken setzen mußten und ihm unwider- stehlich den Gedanken an den eigenen Tod aufnötigten. Völlig Gesunde stürzten mit einem Male auf der Straße leblos nieder, und an einem einzigen Tage wurden ein- einmal 10000 Todesfälle angemeldet. Wer die Mittel und die Möglichkeit hatte, zu fliehen, der suchte gewiß das Weite. Die das nicht konnten, verschlossen sich in ihre Häuser und wagten dieselben kaum zum Ankauf der not- wendigsten Lebensbedürfnisse zu verlassen.

Vor den entsetzlichen Auftritten, welche sich auf Schritt und Tritt dem Auge darboten, wich auch bei William Penn alsbald der noch nicht fest genug eingewurzelte Leichtsinn, und es kam wieder ein tiefer Ernst über ihn, der ihn zum Worte Gottes und in das Gebet trieb, und ihn nur den Umgang ernster Leute suchen ließ. Religiöse Fragen wurden ihm wieder wichtiger, als die Rechtsfragen, mit denen er sich beschäftigen sollte und nahmen alle seine Gedanken in Anspruch.

Mit Schrecken und Unmut bemerkte der Vater diese

neue Umwandlung, als er mit der Flotte heimkehrte, und
sein Unmut mußte noch wachsen, als ihm der König zur
Belohnung seiner neuen Verdienste nicht nur seine irischen
Besitzungen um ein Bedeutendes vergrößerte, sondern ihm
auch Aussicht auf die höchste Würde des Landes machte,
die eine erbliche war. Was konnte die ihm aber zur
Hebung seiner Familie nützen, wenn derjenige, der sie als
ältester Sohn erben mußte, einer Geistesrichtung sich überließ, die ihn zum führen dieser Würde untauglich machte?

Wiederum galt es nun, ein Heilmittel für denselben
zu finden, das so wirksam wäre, wie es die französische
Reise gewesen war. Diesmal sollte denn der Hof des
Herzogs von Ormond, des Vicekönigs von Irland, helfen,
an welchem ebenfalls ein lustiges Leben geführt wurde,
wenn auch kein so sittenloses und ausschweifendes, wie
an den Höfen von Paris und London. Eines nur war
bei der Wahl dieses Aufenthaltes für den Sohn von dem
klugen Vater nicht bedacht worden, daß es nämlich in Irland viele Quäker gab.

In Folge der ausgezeichneten Empfehlungsschreiben,
welche er mitbrachte, fand William Penn zu Dublin die
ehrenvollste und freundlichste Aufnahme. Aber mehr noch
empfahl ihn rasch sein einnehmendes Wesen und ebenso
seine geistreiche Unterhaltung. Unversehens war er wieder
mitten im Strome der Vergnügungen und Genüsse, die
der Hof bot, und denen er sich um so ruhiger glaubte
überlassen zu dürfen, da ihm sein Gewissen deßhalb keine
besonderen Vorwürfe zu machen hatte. Er schloß sich sogar
als Freiwilliger einem kleinen Kriegszuge an, den der
Sohn des Vicekönigs, Lord Arran, machen mußte, um
aufrührerische Soldaten wieder zu Gehorsam zurückzu-
bringen, und zeichnete sich dabei durch Tapferkeit und Kalt-

blütigkeit so aus, daß der Vicekönig seinem Vater vor=
schlug, er möge ihn die militärische Laufbahn einschlagen
lassen, für welche er vorzüglich beanlagt sei. Dies lief
aber den Plänen des Vaters zuwider, und derselbe ver=
sagte zum großen Leidwesen des Sohnes seine Zustimmung.

Überdies gab es jetzt für diesen reichliche Beschäftigung
in Familienangelegenheiten, bei welcher er seine erworbenen
Rechtskenntnisse verwerten konnte. Das von dem Könige
geschenkte Gut wurde nämlich dem Admirale streitig ge=
macht, und es galt, sich durch einen Prozeß das Besitzrecht
zu sichern. Penn erhielt von seinem Vater den Auftrag,
diesen Prozeß zu leiten, und führte ihn auch zum glück=
lichen Ende.

Da kam er eines Tages nach Cork, in dessen Nähe
das väterliche Gut lag, um dort in einem Laden Einkäufe
zu machen. Sofort erkannte er in der Ladenbesitzerin eine
Frau wieder, welche an jener ihm unvergeßlichen Versamm=
lung Teil genommen, die Thomas Loe einstmals in seinem
väterlichen Hause gehalten hatte. Es machte ihm Freude,
die alte Bekanntschaft aufzufrischen, und unversehens fand
er sich mit der Besitzerin des Ladens, die selbst Quäkerin
geworden war, in einem geistlichen Gespräche. Als er im
Verlaufe desselben den Wunsch äußerte, er möchte jenen
Thomas Loe wieder einmal sehen und hören, teilte ihm
die Frau mit, daß sich derselbe gerade gegenwärtig hier in
Cork aufhalte und am anderen Tage eine jener gewöhn=
lichen Versammlungen halten werde.

Penn besuchte diese Versammlung, und wie vordem
in Oxford, so ging es auch jetzt.

Die Predigt Loe's machte einen tiefen, erschütternden
Eindruck auf ihn. Sie war aber auch gerade wie für ihn
gemacht; denn sie handelte „von dem Glauben, der die

Welt überwindet, und von dem Glauben, der von der
Welt überwunden wird." Rief der erste Teil, worin der
Prediger mit glühender Begeisterung die herrrlichen Früchte
des weltüberwindenden Glaubens schilderte, in Penns
Herzen die wehmütige Erinnerung wach an so manche
Stunde wahrer Freude und inneren seligen Friedens, die
er genossen hatte, solange er in dem ihm geschenkten Glauben treu gewesen war, so traf der zweite Teil der Predigt
von dem Glauben, der von der Welt überwunden wird,
sein Herz wie mit Keulenschlägen. Eine tiefe, bittere Reue
über das leichtsinnige weltliche Leben, welches er in den
letzten Jahren geführt hatte, bemächtigte sich seiner und
Thomas Loe, dem er sich nach dem Schlusse der Versammlung vorstellte, und der den Seelenzustand Penns alsbald
durchschaute, verfehlte nicht, die ernstesten Ermahnungen und
Warnungen an denselben zu richten und dadurch den mächtigen Eindruck seiner Predigt zu befestigen.

Zwar gab es nun noch heiße innere Kämpfe für den
Erregten, wobei die Stimme seines Gewissens wieder Gefahr lief, von der kindlichen Pflicht und von dem weltlichen Ehrgeize übertäubt zu werden; aber der Sieg blieb
schließlich dem erwachten Gewissen. Penn nahm nun an
den Versammlungen der Quäker regelmäßigen Anteil und
gehörte, mit seinem Herzen wenigstens, bereits zu der verfolgten Sekte.

Es war im September 1667, als er wieder in Cork
einer ihrer Versammlungen anwohnte, die nicht ganz so
stille, wie man es zu thun liebte, um den Spott und Hohn
des Pöbels nicht heraus zu fordern, zu Stande gekommen
sein mochte. Denn der Mayor, der Stadtvorsteher, ließ
mit einem Male das Versammlungs-Lokal mit Soldaten
besetzen und die Teilnehmer an der Versammlung, deren

er habhaft werden konnte, gefangen nehmen. Auch Penn
war unter den Gefangenen. Als ihn der höchlichst er-
staunte Major erkannte, erbot er sich ihn, den Sohn des
vornehmen und einflußreichen Mannes, sofort in Freiheit
zu setzen, wenn er geloben wolle, fortan Friede zu halten.
Aber Penn, der sich keines Unrechtes bewußt war, wies
dies Anerbieten ab und wanderte mit seinen Freunden,
vor welchen er nichts voraus haben wollte, in das Gefängnis. Von hier aus schrieb er einen Brief an den
obersten Beamten des Landesteils, zu welchem Cork gehörte, und beschwerte sich über die ungesetzliche Verhaftung,
da Verschiedenheiten des Glaubens nicht strafbar sein könnten,
und eine Friedensstörung durch die gewaltsam gesprengte
Versammlung in keiner Weise stattgefunden habe.

Er wurde in Folge dessen zwar seiner Haft entlassen;
aber das Gerücht, daß er unter die Quäker gegangen sei,
ging wie ein Lauffeuer durch die ganze Gegend und erregte teils höhnisches Gelächter, teils ernsten Unwillen.

Kaum hatte der Vater, welcher nichts mehr scheute als
die Lächerlichkeit, von dem Vorfalle Kenntnis erhalten, als
er auch den Sohn zu sich nach London beschied.

Daß derselbe die einfache Tracht der Quäker noch nicht
trug, sondern noch den Degen an der Seite hatte, ließ
ihn anfangs hoffen, daß die ihm zugekommene Nachricht
auf einem Irrtum beruhe, und veranlaßte ihn, William
höflich und freundlich zu empfangen. Als er aber am anderen
Tage sah, daß William, als er ihn begrüßte, den Hut auf
dem Kopfe behielt, stellte er ihn deßhalb zur Rede und
empfing nun von dem Sohne das offene Geständnis, daß
er dies thue, weil er Quäker geworden sei.

Der Spott, mit dem es der Vater zuerst versuchte, ver-
fing nicht bei William, dessen Entschluß durch die Gefangen-

4*

nahme zu Cork völlig reif geworden war. Ebenso wenig
wirkten die Vernunftgründe, die der Vater darauf in den
Kampf führte, und die der Sohn einfach mit der Erklärung
zurückwies, daß ihm sein Übertritt zu den Quäkern eine
ernste Gewissenssache sei.

Da gab ihm der Vater eine Stunde Bedenkzeit wegen
der Frage, ob er denn nicht wenigstens vor dem Könige
und bei Hofe den Hut abnehmen wolle, um sich dort nicht
ganz unmöglich zu machen.

Aber William mußte sich sagen, daß ein solches Zuge=
ständnis als eine Verleugnung seines Glaubens und seiner
Zugehörigkeit zu den Quäkern erscheinen müsse, und ant=
wortete, nachdem die gestellte Frist vorüber war, mit einem
entschiedenen Nein. Da kannte aber die bisher verhaltene
Wut des Vaters, der durch etwas, was nach seiner An=
sicht eine bloße Albernheit war, alle die hochfliegenden
Pläne für die Zukunft seiner Familie, die er sich ausge=
sponnen hatte, durchkreuzt sah, keine Grenze mehr. Er
überschüttete William mit den bittersten Schmähungen und
Vorwürfen und endigte damit, daß er ihn aus dem Hause
jagte und mit Enterbung bedrohte.

Das war eine harte Probe, auf welche die religiösen
Ansichten Penns gestellt wurden. Denn nicht nur daß er
mit ganzer Seele an der Mutter hing, die wenigstens
seinen ernsten Sinn billigte und selber teilte, auch dem
Vater war er mit treuer kindlicher Liebe zugethan, soweit
auch ihre religiösen Ansichten auseinandergingen. Aber
sein Gewissen hieß ihn das schwere Opfer bringen und
das elterliche Dach verlassen.

Jetzt, wo er zur Entscheidung gedrängt worden war,
legte er auch die weltliche Tracht ab und kleidete sich nach
Quäkerart, bekannte sich also offen zu den Freunden, die

ihn aufs Wärmste als einen der Ihrigen willkommen hießen. Es würde ihm, der an ein vornehmes, reiches Leben gwöhnt war, aber doch wol übel ergangen sein, wenn ihm nicht die Mutterliebe in die Verbannung gefolgt wäre und ihn mit Mitteln zum Bestehen versehen hätte. Er begann jetzt auch, obwol erst 24 Jahre alt, in den Versammlungen zu predigen, und die reichen Kenntnisse, welche er sich angeeignet hatte, zur Verteidigung der von ihm angenommenen Lehre in allerlei Flugschriften zu ver= wenden.

Es währte indessen nicht sehr lange, da that sich ihm, wol wesentlich durch die Bemühungen der Mutter, das verschlossene Elternhaus wieder auf. Der starre Sinn des Vaters beugte sich, da es für seinen Ehrgeiz etwas furcht= bares sein mußte, daß der Erstgeborene des Hauses als ein armer Reiseprediger im Lande umherziehen sollte.

Besonderes Aufsehen erregte eine von William Penn veröffentlichte Schrift mit dem Titel: „die sandige Grund= lage erschüttert!", worin er in geistvoller und rückhaltloser Weise etliche Grundlehren der Kirche angriff und als nicht schriftgemäß zu erweisen suchte. Auf Betreiben des Bischofs von London wurde er dafür ohne weiteres in das Ge= fängniß gesetzt; ja die Bosheit seiner Feinde ging so weit, daß sie an dem Platze, wo Penn verhaftet wurde, einen Brief auffinden ließen, den Penn geschrieben und bei seiner Verhaftung habe fallen lassen, und in dem arge, hochver= rätherische Dinge geschrieben standen. Kam in diesem Punkte auch schnell seine völlige Unschuld an's Licht, so mußte doch Penn fast 9 Monate lang im Kerker schmachten, da König Karl II. dessen Vermittelung sein Vater anrief, es nicht wagte, seine Freilassung zu verfügen und damit den Verdacht noch zu vermehren, in dem er bereits stand, daß er ein Feind der herrschenden Kirche sei. Nur das eine that er, daß er Penn durch seinen eigenen Kaplan im Gefängnisse besuchen und ihm sagen ließ, er möge vor dem Bischofe von London Abbitte thun. Aber Penn wies dies weit von sich mit dem mutigen Worte: „Eher soll das Gefängnis mein Grab sein, als daß ich nachgebe; denn mein Gewissen schulde ich keiner sterblichen Seele." — Es behielt deshalb das Ansehen, als sollte das Wort des hocherzürnten Bischofs von London zur Wahrheit werden, er sei entschlossen, Penn im Gefängnisse sterben zu lassen, wenn er nicht die Behauptungen in seiner ausgegebenen Schrift öffentlich widerriefe.

Aber Penn ließ wenigstens die Zeit unfreiwilliger Un= thätigkeit, die man ihm durch seine Gefangenschaft bereitete, nicht ganz ungenützt verstreichen. Er verfaßte zwischen seinen Kerkermauern seine bekannteste und berühmteste Schrift mit dem Titel: „Kein Kreuz, keine Krone," worin er, sich selbst wie seinen bedrückten Glaubensgenossen zum Troste, die Notwendigkeit des Kreuzes für den Christen auseinandersetzte. Ebenso verfaßte er auch noch eine andere Schrift, betitelt: „Die Unschuld mit ihrem offenen Antlitz", worin er einzelne mißverstandene oder absichtlich mißdeutete Stellen in dem Buche, das ihm seine Gefangenschaft zu= gezogen hatte, näher erläuterte.

Der ungebrochene Mut und die männliche Festigkeit und Ausdauer, womit Penn seine lange Gefangenschaft ertrug, ohne sich in der einmal gewonnenen Überzeugung irre machen zu lassen, nötigten auch seinem erzürnten Vater schließlich Anerkennung und Achtung ab. Als er selbst aus ganz nichtigen Gründen von seinen Feinden in An= klagestand versetzt worden war, und der dadurch erlittene Ärger seine Gesundheit so angriffen hatte, daß er seine

Ämter niederlegen und sich in das Privatleben zurückziehen mußte, besuchte er wiederholt seinen Sohn im Gefängnisse und setzte es endlich durch sein Bitten bei dem ihm so wohlgewogenen Herzoge von York durch, daß William frei- gelassen wurde, ohne den vom Bischofe von London ge- forderten Widerruf geleistet zu haben.

Aber in England durfte er freilich jetzt nicht bleiben, sondern mußte sich auf das irische Gut bei Cork zurück- ziehen, dessen Verwaltung er in die Hand nahm. Dabei wirkte er aber unablässig für die Freilassung seiner noch zu Cork im Gefängnisse schmachtenden Freunde und hatte auch endlich die Freude, seine desfallsigen Bemühungen bei dem Vicekönig, dem Herzoge von Ormond mit dem ge- wünschten Erfolge gekrönt zu sehen. Als jedoch der Ge- sundheitszustand seines Vaters immer bedenklicher wurde, folgte er sofort dem leisen Wunsche desselben, kehrte nach England zurück und fand mit dem nun viel milder denkenden Vater die gewünschte und ersehnte volle Aussöhnung.

Aber wenn das Jahr 1670 für Penn auch diese große Freude brachte, so wurde dasselbe doch noch ein besonders schmerzliches für ihn.

Vorerst wurde in diesem Jahre das Gesetz erneuert, welches den Quäkern und allen nicht zur Staatskirche ge- hörigen, allen „Dissenters", wie sie im allgemeinen hießen, schon so viel Verfolgung zugezogen hatte, daß nämlich jede Vereinigung von mehr als 5 Personen zu religiösen Zwecken ungesetzlich sei, und daß die Teilnehmer mit schweren Geld- strafen, ja mit Landesverweisung bestraft werden sollten. Und siehe einer der Ersten unter den Tausenden, welchen dieses Gesetz um Freiheit und Vermögen brachte, weil es der niederträchtigsten Angeberei Thür und Thor öffnete, war William Penn.

Am 14. August 1670 fanden die Quäker das Haus in London, in dem sie gewöhnlich ihre Versammlungen hielten, verschlossen und von Soldaten besetzt. Als Penn mit seinem Freunde Mead ankam, wollte er die versammelte Menge anreden, wol nur um sie zum ruhigen Auseinander gehen zu ermahnen, da ja gegen die Gewalt nichts auszurichten war. Aber kaum hatte er angefangen, zu sprechen, als er von den Soldaten verhaftet und mit seinem Freunde Mead ins Gefängnis abgeführt wurde. Es wurde die Anklage gegen sie erhoben, daß sie sich mit anderen Personen ungesetzmäßig und in einer den Frieden stören den Weise versammelt hätten und daß Penn zu dem Volke geredet habe, wodurch ein großer Zusammenlauf und Auf ruhr des Volkes entstanden sei.

Am 3. September wurden sie vor ein Geschworenen gericht gestellt. Obwol die drei Zeugen, welche gegen sie aussagen sollten, nichts vorbringen konnten, was die An klage bestätigte, gestand doch Penn offen und freimütig zu, daß er habe predigen wollen, nahm dies aber als ein heiliges Recht für sich in Anspruch. Ungeachtet der un würdigsten Behandlung, die ihm der Gerichtshof wider fahren ließ, ungeachtet der gemeinsten Schimpfworte, welche sich die Richter erlaubten, führte Penn seine Verteidigung so mannhaft und siegreich, daß die Geschworenen ihn nur schuldig befinden konnten, gesprochen zu haben, ihn jedoch ebenso wie Mead von der Anklage freisprachen, eine un gesetzliche Versammlung abgehalten und zu einer auf rührerischen Volksmenge gesprochen zu haben. Dieser Wahrspruch war jedoch keineswegs nach dem Sinne der Richter, die sich offenbar zum Zwecke gesetzt hatten, Penn in eine empfindliche Strafe zu bringen. Die Geschworenen wurden deßhalb zu nochmaliger Beratung weggeschickt und als sie wiederholt denselben Wahrspruch abgaben, zwei Tage lang ohne Speise und Trank beisammengehalten und mit Drohungen von den Richtern überhäuft, damit sie sich endlich besännen und das „Schuldig" über Penn aus= sprächen, welches die Richter gerne gehabt hätten.

Allein die Geschworenen ließen sich nicht beugen und blieben nach wie vor bei ihrem freisprechenden Urteil. An= statt nun aber Penn und seinen Freund Mead sogleich freizulassen, behielten die Richter beide im Gefängnisse, bis sie eine Geldstrafe bezahlt hätten, die sie ihnen wegen angeblich gegen das Gericht bewiesener Verachtung ganz willkürlich auferlegt hatten. Beide weigerten sich, diese Strafe zu bezahlen und Penn bat sogar ausdrücklich seinen Vater, dieselbe nicht für ihn zu entrichten, weil sie unge= recht sei.

Dieser aber, der schnell dahinsiechte und den Sohn vor seinem bald zu erwartenden Tode noch frei sehen wollte, bezahlte dennoch die Strafe und erwirkte dadurch die Freilassung der Gefangenen.

Wir haben dieses Ereignis etwas ausführlicher erzählt, um daran zu zeigen, mit welcher Rücksichtslosigkeit und Ungerechtigkeit selbst Richter gegen die Quäker handelten.

Penn fand seinen Vater bei der Rückkehr aus dem Gefängnisse bereits dem Tode nah. Aber welche Um= wandlung war mit dem einst so stolzen und ehrgeizigen Manne vorgegangen! Wie war ihm jetzt die Hohlheit seines weltlichen Lebens so klar geworden! Wie sehnte er sich jetzt, aus diesem Leben zu scheiden!

„Ich bin der Welt müde", sagte er zu seinem Sohne, „ich möchte nicht einen Tag noch einmal durchleben, selbst wenn der bloße Wunsch ihn mir wiederbringen könnte;

denn die umgarnenden Netze des Lebens sind gefährlicher als der Tod?

Unter anderem ermahnte er seine versammelten Kinder: „Laßt euch durch nichts in der Welt verführen, eurem Gewissen Schaden zu thun, so werdet ihr in eurem Hause einen Frieden erleben, der euch am bösen Tage wohlthun wird?

Mit William sprach er noch kurz vor seinem Tode besonders viel, und der wird wol nicht unterlassen haben, den sterbenden Vater auf den einigen Trost im Leben und im Sterben hinzuweisen, und ihm zu der Sterbensfreudigkeit zu verhelfen, die ein rechter zuversichtlicher Glaube gewährt. Dafür spricht das Wort an seinen Sohn, welches eines seiner letzten war, und worin er die einfache Art zu predigen und zu lehren, die er und seine Freunde hätten, vollständig anerkannte.

Am 16. September 1670 endete der Tod das vielbewegte und endlich doch noch durch Gottes Gnade zu einem friedlichen Abschlusse gekommene Leben.

Kurz vor seinem Ende hatte der Kranke noch Botschaft an den König wie an den Herzog von York gesandt und seinen Sohn William ihrer beiderseitigen Gunst empfohlen, worauf sich der Herzog sofort bereit erklärt hatte, als Vormund und Schützer über den jungen Mann wachen zu wollen. Der Sterbende mochte voraussehen, daß sein Sohn, dem bis jetzt schon soviel Widriges zugestoßen war, und der sich durch sein freimütiges Wesen soviele mächtige Feinde zugezogen hatte, des Schutzes mächtiger Freunde bedürfe, obwol es ihm an Reichtum nicht mangelte. Denn William Penn erbte als Erstgeborener von seinem Vater ein Jahreseinkommen von 1500 Pfund Sterling (1 Pfund Sterling etwa = 20 Mark) und eine Schuldforderung an die königliche Regierung von 15000 Pfund Sterling, die der Admiral nach und nach aus seinen Ersparnissen den königlichen Brüdern geliehen hatte.

V.

Nach dem Tode seines Vaters widmete sich Penn noch eifriger wie früher dem heiligen Berufe, den er sich erwählt hatte, die evangelische Wahrheit zu verbreiten, wie sie nach seiner Überzeugung in den Lehren von Fox ihren richtigen Ausdruck gefunden hatte. Die Zurückhaltung, welche er sich in dieser Beziehung bei Lebzeiten seines Vaters auferlegt hatte, weil er wußte, daß dieser an den Predigtreisen des Sohnes Ärgernis nahm, hatte jetzt keinen Grund mehr und er konnte dem Drange seines Herzens ein volles Genüge thun. Denn von der Mutter wußte er, daß die nichts gegen sein Predigen einzuwenden habe.

Allein er sollte bald erfahren, was es heiße, den Haß der Richter auf sich geladen zu haben, wie er es bei dem im vorigen Kapitel erzählten Prozesse durch seine mannhafte Verteidigung und hernach noch mehr durch eine Schrift gethan hatte, die er sogleich nach dem Begräbnisse seines Vaters ausgehen ließ und worin er die Ungebührlichkeiten und Willkürlichkeiten rücksichtslos an die Öffentlichkeit brachte, welche sich die Richter in jenem Prozesse sowol gegen die Angeklagten, sowie auch gegen die Geschworenen erlaubt hatten.

Das neue Jahr 1671 war noch nicht gekommen, als Penn schon wieder wegen einer angeblich ungesetzlichen Versammlung, die er gehalten habe, gefangen genommen und zu einer sechsmonatlichen Haft verurteilt wurde. Auch diese Gefangenschaft benutzte er wiederum zur Abfassung verschiedener Schriften, in deren einer er nachwies, wie

die Ruhe und Sicherheit Englands nur durch volle Ge=
wissens= und Religionsfreiheit herbeigeführt werden könne,
die auch den Katholiken zu gute kommen müsse.

Nach seiner Befreiung aus dem Gefängnisse machte
Penn eine Reise nach Holland und Deutschland, wohin
ja, wie wir bereits im 2. Kapitel erzählten, viele Quäker
ausgewandert waren, um den unaufhörlichen Verfolgungen
in der englischen Heimat zu entgehen. Viele waren auch
über das Weltmeer hinübergefahren, um in Amerika eine
Stätte zu suchen, wo sie frei und ungehindert nach ihrer
Überzeugung leben könnten, und ihre Briefe lockten immer
neue Schaaren, das Land der Freiheit zu suchen. Denn
obwol die Gefahren der Reise darin nicht verschwiegen
wurden, machten doch diese Briefe eine so lockende Schilde=
rung von der Schönheit und Fruchtbarkeit der neuen
Heimat und priesen das Glück, ungestört seines Glaubens
leben zu können, mit so überschwänglichen Worten, daß die
Herzen der Leser und Hörer um so mehr davon entzündet
werden mußten, in je höherem Maße sie dieses Glückes
entbehrten.

Penn hatte auf seiner Besuchsreise vielfach Gelegenheit,
solche Briefe vorlesen zu hören und Gesprächen beizu=
wohnen, in denen die Aussichten der Auswanderer be=
sprochen wurden, und die Sehnsucht nach einem freien
Staate, in welchem volle Gewissensfreiheit herrsche, zum
begeisterten Ausdrucke kam. Da gestaltete sich unbemerkt
in seiner Seele ein Plan, der wol je und dann schon
einmal als ein schöner Traum an ihm vorübergezogen
war, aber bisher noch in keiher Weise in Bezug auf seine
Ausführbarkeit und auf die rechte Art seiner Ausführung
von ihm in nähere Erwägung genommen worden war.

Vorläufig mußte dieser Plan freilich noch in den Hin=

tergrund seiner Seele geschoben bleiben; denn es beschäf=
tigte ihn jetzt ganz und gar ein für sein persönliches Leben
überaus wichtiger Plan, nämlich der seiner Verheiratung.

Nach einer Lebensgefährtin zu suchen brauchte er in=
dessen nicht mehr. Gott hatte ihn dieselbe bereits finden
lassen. Es war Gulielma Springett, die Tochter eines
Sir William Springett aus Susser, welcher während der
ersten Jahre des Bürgerkrieges einer der Führer des Par=
lamentsheeres gewesen und als solcher gestorben war. Seine
Wittwe hatte sich mit ihren 3 Kindern, von denen Gulielma,
oder wie sie kurz genannt wurde: Guli, kurz nach dem
Tode des Vaters erst geboren worden war, auf ein Dorf
Chalfont in der Grafschaft Buckinghamshire zurückgezogen,
wo sie ein sorgenvolles Dasein fristete, bis sie sich zum
zweiten Male vermählte, und zwar mit Isaak Pennington,
mit dem sie sich den Quäkern anschloß. Als Penn eines
Tages seinen Freund Pennington in seinem Heim zu Chal=
font besuchte, lernte er die anmutige Guli kennen und lieben,
und sie entschloß sich gerne, dem wackeren Freunde ihres
Stiefvaters die Hand zu reichen, dessen Glauben sie ja
teilte.

Im Jahre 1672 schloß Penn den Bund der Ehe mit
ihr und fand in ihr eine Gattin, die das Glück seines
Lebens begründete. Aber sein junges Eheglück hielt ihn
nicht ab, seinem heiligen Berufe obzuliegen. Wir finden
ihn vielmehr bald wieder auf Reisen, die diesem Berufe
dienten; nur daß ihn jetzt seine Guli getreulich überallhin
begleitete, bis ihr dies die Geburt ihres ersten Sohnes,
dem sie nach ihrem Vater den Namen Springett beilegte,
unmöglich machte. Aber auch die erste Vaterfreude konnte
Penn nicht an sein nun doppelt glückliches Haus fesseln.
Er burchzog vielmehr nach wie vor, entweder allein oder

in Gesellschaft von Fox und Robert Barclay, einem der Hervorragendsten unter seinen quäkerischen Freunden, das Land und war in Wort und Schrift so thätig, daß er bald als das „Schwert" seiner Gesellschaft angesehen wurde.

Das Jahr 1673 brachte über die Gesellschaft der Freunde wieder schwere Verfolgungen. Das Parlament hatte nämlich die sogenannte Testacte beschlossen, welche alle Gegner der Staatskirche vom Staatsdienste und vom Parlamente ausschloß und so ziemlich für rechtlos erklärte, und König Karl II. hatte nicht umhin gekonnt, dieses Gesetz zu bestätigen. Als ihre schlimmsten Gegner sah aber die Staatskirche die Quäker an sowol wegen ihrer rückhaltlosen Freimütigkeit, als auch wegen ihrer Verachtung aller äußeren Formen, und so blieben denn für diese die Verfolgungen nicht lange aus. Auch George Fox mußte jetzt in's Gefängniß wandern. Um seine Befreiung zu erwirken, suchte Penn nun wieder den königlichen Hof auf, von dem er sich 5 ganze Jahre ferne gehalten hatte.

Der Herzog von York, sein Vormund und Schützer, nahm ihn trotzdem huldvoll auf, wenn er ihm auch wegen seiner Zurückgezogenheit Vorwürfe machen mußte. Für Fox versprach er seinen ganzen Einfluß bei dem königlichen Bruder geltend machen zu wollen, und verhieß ebenso, dahin wirken zu wollen, daß den leidigen Verfolgungen der Freunde Einhalt gethan werde. Sodann entließ er Penn unter der Versicherung, er werde sich zu jeder Zeit freuen, ihn zu sehen und ihm nützlich sein zu können.

Allein die zugesagte Verwendung wurde entweder nicht in ausreichendem Maße geleistet, oder sie hatte keinen nennenswerthen Erfolg. Denn die Verfolgungen gegen die Quäker und überhaupt gegen alle Dissenters gingen nach wie vor fort und füllten alle Gefängnisse des Landes.

Was blieb da den Bedrückten endlich anderes übrig, als sich mit dem Gedanken an Auswanderung vertraut zu machen, in welcher schon einzelne ihrer Brüder Zuflucht gesucht und gefunden hatten? Wol drängt ja die starke Anhänglichkeit an das Vaterland jedem Engländer die Frage unseres deutschen Dichters Körner auf die Lippe:

„Was gibt uns die weite, unendliche Welt
Für des Vaterlands heiligen Boden?"

Allein, wo das Höchste und Heiligste auf dem Spiele steht, der religiöse Glaube, da muß ja in jedem wahrhaft gläubigen Herzen selbst die Vaterlandsliebe zurücktreten hinter das Bestreben, den Glauben und den daraus fließen= den Herzensfrieden zu retten.

Besonders bei unserem Penn tauchte dieser Gedanke an Auswanderung jetzt mit unwiderstehlicher Macht auf, da das Vaterland sich immer zu einem Boden zu gestalten schien, auf welchem die zarte Pflanze der Gewissensfreiheit nicht gedeihen konnte.

Aber wohin auswandern? Hinüber nach Holland oder Deutschland den dorthin vorausgeflüchteten Brüdern nach? — Aber die fanden ja auch dort die ersehnte Gewissens= freiheit nicht und sahen sich fast nicht weniger als in der alten Heimat um ihres Glaubens willen bedrängt und ver= folgt. — Nein, hinüber über das Weltmeer, in die stillen Urwälder Nordamerikas gingen Penns Gedanken. Dort, wo noch keine tyrannische Herrschaft ihre Stätte aufge= schlagen hatte; dort, wo noch jeder seines eigenen Glückes Schmied sein und sein Leben nach eigenem Gutdünken ge= stalten konnte, ohne eingeengt zu werden von feststehenden Sitten und Formen, die Niemand ungestraft verachtet; dort, wo eine noch ganz unberührte jungfräuliche Natur, geschmückt mit allen Reizen eines glücklichen Himmelsstriches

zum unmittelbaren Hinflüchten an das Vaterherz dessen
einlud, dessen Liebe das Alles geschaffen, und eine Inner=
lichkeit des Lebens möglich machte, wie sie der Äußerlich=
keitsgeist, der hier in der alten Heimat herrschte, nicht
aufkommen ließ: dort allein war die Stätte, wo eine
Staatsgemeinschaft erwachsen konnte, wie sie Penn sich
träumte, eine Staatsgemeinschaft voll Freiheit und Friede
und Glück. Was der Knabe aus dem Munde des Vaters
vernommen, wenn derselbe nach seiner Rückkehr aus West=
indien voll Begeisterung von den paradiesischen Gegenden
erzählte, die er drüben in der neuen Welt gesehen; was
der Jüngling mit seiner glühenden Sehnsucht nach Glau=
bensfreiheit sich mit reicher Einbildungskraft als Muster=
staat im Geiste aufgebaut; was endlich der Mann aus
jenen Briefen der Ausgewanderten geschöpft, die während
der ersten Reise nach Holland und Deutschland zu seiner
Kenntniß gekommen waren: Das alles zusammengenommen
gab ein Bild, welches sich je länger je lieblicher und locken=
der vor seinen Geistesaugen entfaltete.

Und mußte es Penn nicht als einen Fingerzeig Gottes
ansehen, der ihn in das Land seiner Träume hinüberwies,
als er nun gar im Jahre 1676 ganz ungesucht mit diesem
Lande in wirkliche, thatsächliche Berührung gebracht wurde?

König Karl II. hatte nämlich, wie er bereits früher
mehrfach englische Colonien und Eroberungen in Nordamerika
an Privateigentümer verkauft hatte, nun seinem Bruder
Jakob, dem Herzoge von York, die Provinz Neu=Nieder=
land übertragen, welche ihm nach dem Seesiege über die
Holländer von diesen hatte abgetreten werden müssen. Es
war dies der gesegnete Landstrich zwischen den beiden
Flüssen Delaware und Connecticut, welchen die holländisch=

westindische Handelsgesellschaft mit holländischen Ansiedlern bevölkert hatte.

Der Herzog von York behielt jedoch nur einen Teil dieses Gebietes für sich, der nach ihm Neu-York benannt wurde; den Landstrich aber zwischen den Flüssen Hudson und Delaware übergab er als Lehen an zwei Edelleute, Lord Berkeley und Sir George Carteret, welcher Letztere das ihm übertragene Gebiet Neu-Jersey nannte, weil er früher Statthalter über die nahe an der französischen Küste liegende Canalinsel Jersey gewesen war. Diese Beiden gaben ihrem Gebiete eine durchaus freisinnige Verfassung und gewährten vor allen Dingen vollständige Gewissens= freiheit und Freiheit der Religionsübung für alle Sekten. Sie thaten dies freilich mehr als aus Überzeugung und aus Grundsatz aus Berechnung; denn sie konnten sich wol sagen, daß nach einer Gegend mit voller Gewissensfreiheit viele von denen sich wenden würden, welche in der eng= lischen Heimat unter dem schweren Drucke der Strafgesetze seufzten, und daß je größere Schaaren derselben in ihr noch ziemlich menschenleeres Gebiet herüberkommen würden, desto höher auch der Wert ihres Gebietes und ihre Ein= künfte aus demselben steigen würden.

Und diese Rechnung trog auch nicht. Ganze Züge von Puritanern und auch eine Anzahl Quäker suchten sich hier eine bessere Heimat und brachten durch ihren Fleiß und ihre Ausbauer das Land schnell zu einer vielversprechen= den Blüte. Lord Berkeley, dem der Besitz des überseeischen Gebietes zuviel Unruhe bereitete, verkaufte seinen Anteil für 1000 Pfund Sterling an einen Eduard Billing, und zwar unter Vermittelung von dessen Agenten John Fenwick. Als nun zwischen diesem Agenten und seinem Auftraggeber Zwiespalt entstand, wurde Penn zum Schlichter dieses

Streites gewählt. Er mußte zu Gunsten des Agenten entscheiden, der, selbst Quäker, mit vielen Genossen des Glaubens nach den Ufern des Delaware auswanderte und die Stadt Salem gründete.

War Penn schon auf diese Weise mit dem überseeischen Gebiete in Berührung gebracht worden, so sollte dies bald in noch näherer Weise geschehen. Eduard Billing näm=lich konnte das von Lord Berkeley Erworbene nicht be=haupten und wurde von seinen Gläubigern genötigt, das=selbe Verwaltern zu übergeben, von denen sie selbst zwei bestimmten, ihr Schuldner aber noch einen dritten. Als diesen dritten erwählte er Penn, dem zwar dieses Amt nicht besonders zusagte, der es aber im Interesse der vielen Freunde, die sich bereits drüben angesiedelt hatten, glaubte übernehmen zu müssen. Wollte Penn hier schon seinen „heiligen Versuch", wie er sich ausdrückte, machen, einen Musterstaat mit voller religiöser Freiheit ins Werk zu setzen, so galt es vor allen Dingen den Übelstand zu be=seitigen, daß Sir Carteret als Mitbesitzer der ganzen Provinz Neu=Jersey bei allen Einrichtungen, die getroffen werden sollten, mitzusprechen hatte. Penn suchte deßhalb auf eine Teilung der Provinz hinzuarbeiten und brachte es auch wirklich dazu. George Carteret übernahm den östlichen Teil, während der westliche, welcher zu Gunsten der Gläubiger von Eduard Billing meistbietend verkauft wurde, vollständig in die Hände der Quäker kam.

Für diesen Staat West=Neujersey entwarf nun Penn eine Verfassung, in welcher als oberster Grundsatz festge=stellt wurde: „Keine Person soll wegen Gewissens=Ange=legenheiten zur Verantwortung gezogen, beunruhigt oder belästigt oder auch wegen Ausübung ihrer Andacht, wie ihr Gewissen es vorschreibt, behelligt werden." Die gesetz=

gebende Gewalt wurde faft ganz dem Volk anheimgegeben,
daß sie durch gewählte Vertreter übte; die richterliche Ge=
walt dagegen, befonders foweit es fich um Auslegung der
Gefetze und Abfaffung von Urteilsfprüchen handelte, wurde
Gefchworenen anvertraut, denen Richter behülflich fein
follten, welche auf höchftens zwei Jahre gewählt wurden.

Diefer Verfaffungs=Entwurf wurde veröffentlicht und
demfelben zugleich eine genaue Befchreibung des Bodens,
der Luft, des Klimas und der natürlichen Erzeugniffe des
neuen Staates beigefügt, welche beiden Schriftftücke dann
vorzugsweife unter die Quäfer zu verbreiten gefucht wurden.

Der Erfolg war ein überrafchender. Penn's damalige
Wohnung zu Worminghurft in der Graffchaft Suffex wurde
wahrhaft überlaufen von folchen, die fich in der über=
feeifchen Kolonie anfaufen wollten und deßhalb Penns
Rat begehrten, trotzdem daß er in den erlaffenen Schrift=
ftücfen ausdrücflich gewarnt hatte, daß Niemand ohne trif=
tige Gründe der Heimat den Rücfen fehren und daß Niemand
fich von bloßer Neugierde oder Erwerbfucht zur Auswander=
ung treiben laffen folle.

Penn ordnete und leitete nun die Auswanderung mit
Hülfe zweier Gefellfchaften, welche er gebildet hatte. Dem
erften Schiffe, welches 230 Auswanderer über das Meer
führte, folgten fchon bald zwei andere, fobaß es nötig wurde,
fchon jetzt eine vorläufige Regierung einzufetzen, die aus
drei von den beiden Gefellfchaften in Gemeinfchaft mit Penn
gewählten Bevollmächtigten beftand.

Die neuen Anfiedler fuchten, als fie glücflich drüben
in der neuen Welt angefommen waren, vor allen Dingen
mit den Eingeborenen des Landes, den Indianerftämmen,
in ein gutes Einvernehmen zu kommen und denfelben für
gutes Geld einen Teil der von ihnen bewohnten oder doch

als ihre Jagdgründe in rechtmäßigen Anspruch genommenen Ländereien abzukaufen. Das war den Indianern etwas durchaus neues. Denn was sie bis jetzt von weißen Männern gesehen hatten, war nur gewaltsames Eindringen in ihr Gebiet und schnöder, blutiger Raub gewesen, wofür sie sich dann gelegentlich blutige Rache genommen hatten. Sie ließen sich darum gerne herbei, mit diesen so ganz anders gearteten friedlichen Fremden zu unterhandeln.

„Ihr seid unsere Brüder," sagten sie in gebrochenem Englisch, „und wir wollen als Brüder mit euch leben. Wir wollen einen breiten Pfad haben, auf dem ihr und wir gehen können. Wenn ein Engländer auf diesem Pfade einschläft, soll der Indianer still an ihm vorübergehen und sagen: er schläft, laß ihn allein! Der Pfad soll eben sein, kein Stumpf soll sich darauf befinden, der dem Fuße schaden könnte."

Und welch ein Vorteil war dies für die neuen An= siedler, die es unternahmen, sich in den Tiefen des Ur= walds eine Wohnstätte zu gründen und dabei unsägliche Entbehrungen und Mühsale zu erdulden hatten, daß sie mit den Eingeborenen in Frieden waren und von ihrer Feindschaft nichts zu befahren hatten! Wie oft geschah es, daß sie, wenn Mangel und Not bei ihnen eintrat, von den Indianern mit Lebensmitteln unterstützt wurden! Denn auch sie mußten die Treue und Aufrichtigkeit der neuen Nachbarn wol zu schätzen.

So ließ sich alles auf das beste dazu an, daß West= Neujersey zu einem Gebiete herangedieh, in welchem sich das Staatsbild verwirklichen zu wollen schien, welches sich Penn in seinen Gedanken ausgemalt hatte.

Über die Beschäftigung mit der Freistätte, die er seinen bedrückten Glaubensgenossen zu gründen gedachte, vergaß

aber Penn das zunächst liegende nicht. Als er hörte, daß
in Holland und Deutschland die Freunde, welche er dort
schon einmal besucht hatte, nach seiner Wiederkehr verlang-
ten, um aus seinem eigenen Munde zu vernehmen, welche
Aussichten für die Auswanderung sich drüben iu Neujersey
eröffneten, entschloß er sich, dieses Verlangen zu befriedigen.
Mußte es ihm doch von besonderer Wichtigkeit sein, wo
möglich, deutsche Handwerker, die damals wegen ihres
Fleißes und ihrer Ausdauer im besten Rufe standen, für
die Übersiedelung nach Amerika zu gewinnen. Auch war
es für Penn ein besonderes Anliegen, mit einer hoch-
stehenden Frau in persönliche Berührung zu kommen, die
schon durch Robert Barclay für die Sache der Quäker
gewonnen worden war, und deren gewichtige Fürsprache
den Freunden in Deutschland von dem größten Nutzen
sein mußte.

Das war die Prinzessin Elisabeth von der Pfalz, die
Tochter des Kurfürsten von der Pfalz und nachherigen
Königs von Böhmen, Friedrichs V., die ohnehin mit England durch starke Bande verknüpft war und sich deshalb
für alles, was aus England herüberkam und was dort
geschah auf das Lebhafteste interessirte. Denn ihre Mutter
war eine geborene Stuart, eine Tochter Königs Jakob I.
und also eine Schwester des hingerichteten Karl I., die
den jetzt regierenden König Karl I. zum Vetter hatte.
Sie lebte damals zu Herford in Westfalen als Vorsteherin
des dortigen reichsunmittelbaren Stiftes und zeichnete
sich nicht blos durch große Gelehrsamkeit aus, sondern,
was noch höher anzuschlagen ist, durch eine tiefe, aufrichtige Frömmigkeit, die sie, so weit nur ihr Einfluß
reichte, zur Schützerin und Helferin aller um ihres Glaubens willen bedrängten Christen machte. Für die Quäker

hatte sie, nachbem sie dieselben durch Robert Barclay kennen gelernt, eine aufrichtige Zuneigung gefaßt wegen ihrer tiefen Ehrfurcht und ihres unbedingten Gehorsams gegen Gottes Wort. Wenn irgend jemand, so war sie es, die durch ihre Fürsprache den Quäkern in Deutschland Schutz und Förderung zu Teil werden lassen konnte.

Es war im Jahre 1677, als sich Penn mit George Fox, Robert Barclay und George Keith, ebenfalls einem hervorragenden Gliede der Gesellschaft der Freunde, zunächst nach Holland einschiffte, und zwar auf einem Schiffe, dessen Kapitän noch unter Penns Vater gedient hatte.

In Rotterdam, Leyden, Harlem, Amsterdam und Emben, welche Städte sie nach einander besuchten, weil sich überall dort Quäker angesiedelt hatten, hielten sie zahlreich besuchte Versammlungen, in denen sie durch ihre geisteskräftigen Predigten die Herzen der vielfach bedrängten Brüder stärkten. Während George Fox in Amsterdam zurückblieb, wo auf einer großen Hauptversammlung der Quäker verschiedene streitige Fragen zu erledigen waren, begab sich Penn mit Barclay und Keith nach Herford, wo sie von der Prinzessin Elisabeth auf das beste empfangen wurden und nicht nur mehrere öffentliche Versammlungen halten durften, denen die Prinzessin mit warmer Teilnahme anwohnte, sondern auch zu dieser in ihre Gemächer mehrmals zu religiösen Gesprächen eingeladen wurden, durch die dann das Herz der eblen Prinzessin vollständig für die Quäker gewonnen wurde.

Robert Barclay kehrte nun zu Fox nach Amsterdam zurück. Penn aber reiste in Begleitung von Keith, der wol wie er selbst auch der deutschen Sprache mächtig war, über Paderborn und Kassel nach Frankfurt a. Main, wo Penn mit großem Beifall predigte und mehrere angesehene

Männer so für die Sache der Freunde und für seinen Plan, in Amerika einen Freistaat zu schaffen, gewann, daß dieselben, als später der Plan wirklich zur Ausführung gebracht war, dorthin auswanderten.

Von Frankfurt a. M. zogen die beiden Quäkerapostel dann weiter rheinaufwärts in die Pfalz, wo zu Griesheim bei Worms sich eine kleine Quäkergemeinde gebildet hatte. Dort fand Penns Plan, für die Freunde in Amerika einen Freistaat gründen zu wollen, worin sie ungehindert ihres Glaubens leben könnten, die begeistertste Aufnahme, und eine ganze Anzahl Pfälzer entschlossen sich sogleich zur Auswanderung nach Neujersey, und bildeten nachher den Kern der Bevölkerung in Penns neuem Staate uub den Grundstock derer, die mit der Verdammung und Abschaffung der in Amerika noch immer bestehenden Sklaverei einen ernsten Anfang machten. Durch diese Pfälzer ist deutsche Ehrlichkeit jenseits des Meeres sprüchwörtlich geworden.

Hierauf reiste Penn mit seinen Gefährten über Worms nach Köln zurück, wo er einen Brief von der Prinzessin Elisabeth empfing, die ihn bat, doch in Mühlheim an der Ruhr die Gräfin von Falkenstein auf Haus Broich zu besuchen, von deren Frömmigkeit sie ihm schon erzählt hatte. Aber als Penn diesem Wunsche der fürstlichen Gönnerin nachkommen wollte, erging es ihm übel. Der Vater der Gräfin, ein rauher, dem Christentume feindlich gesinnter Mann, begegnete nämlich Penn und Keith vor den Thoren des Schlosses und fuhr sie nicht nur sofort an, weil sie nach Quäkersitte die Hüte nicht vor ihm abnahmen, sondern ließ sie auch, nachdem er erfahren, daß sie Quäker seien, mit dem zornigen Rufe: „Wir brauchen hier keine Quäker!" abführen und von Soldaten über seine Grenze schaffen. Vor einem großen Walde ließen diese die beiden Fremden in dunkler Nacht stehen, sobaß diese nicht wußten wo hin und wo hinaus? Nach langem Umherirren erreichten sie zwar endlich die Stadt Duisburg, fanden dort aber die Thore geschlossen und mußten troß der späten Jahreszeit den Morgen nun im Freien abwarten.

Auf seiner Rückreise nach Amsterdam schrieb Penn von Cleve aus einen Brief an den Grafen von Falkenstein, worin er unter anderem sagte: „Ihr braucht wol Quäker; denn ein wahrer Quäker ist ein Mann, der vor dem Worte Gottes zittert und mit Furcht und Zittern seine Seligkeit schafft."

Von Amsterdam zog Penn wiederum zu Fox nach Friesland, und machte von dort auch noch einmal einen erquickenden Besuch in Herford. Er schied von der edlen Prinzessin als ihr Freund, der sich noch eines öfteren Briefwechsels mit ihr erfreuen durfte.

Erst zu Anfang des Winters kehrten die Freunde über Rotterdam nach England zurück. Aber das Kampieren im Freien vor Duisburg, sowie die gefährliche, stürmische Überfahrt, die es diesmal gab, hatten Penns Gesundheit dermaßen angegriffen, daß er zu ihrer Wiederherstelluug längere Zeit der Pflege seines treuen Weibes bedurfte, zumal da er von denen, welche ihm wegen ihrer Auswanderung nach Amerika um Rat fragen wollten, gar nicht in Ruhe gelassen wurde.

VI.

Das Jahr 1678 schien für alle, die bisher wegen ihrer abweichenden Glaubensansichten verfolgt worden waren, bessere Aussichten zu bringen. Die einsichtigeren Mitglieder des Parlaments mochten wol den großen Schaden

richtig schätzen, der für England daraus erwuchs, wenn
ganze Schaaren ruhiger, friedlicher Staatsbürger, gegen
deren Aufführung auch die entschiedensten Widersacher nichts
erhebliches vorbringen konnten, der Heimat den Rücken
kehrten und ihr sowol ihr Vermögen wie ihre Arbeitskraft
entzogen. Sie sahen die Notwendigkeit ein, gelindere
Saiten aufzuziehen und den Verfolgungen, die zum Auswandern drängten, ein Ende zu machen.

Penn der mit den höchsten, einflußreichsten Personen
des Landes verkehrte und wegen seiner reichen Geistesgaben
und seines tadellosen Lebenswandels trotz seines Quäker-
tums überall wol gelitten war, hatte kaum von den duld-
sameren Ansichten, die im Parlamente aufkommen wollten,
Kunde erhalten, als er auch alles aufbot, diesen Ansichten
zum Siege zu helfen.

Er schob deßhalb vorläufig die Gedanken an seinen
geplanten überseeischen Freistaat ein wenig in den Hintergrund und warf sich mit voller Seele und ganzer Kraft
in die Arbeit, seinen Grundsätzen von völliger Gewissens-
und Religionsfreiheit im Parlamente Geltung zu verschaffen. Er benutzte dazu vor allem die Gunst, in welcher
er bei dem Herzoge von York stand, und suchte diesen für
ein Duldungsgesetz zu gewinnen, welches dem Parlamente
vorgelegt werden sollte. Der Herzog schenkte Penn gerne
Gehör, wollte aber auch, weil er selber Katholik war, das
Duldungsgesetz nicht bloß auf die evangelischen Dissenters
beschränkt, sondern auch auf die Katholiken ausgedehnt
haben.

Alles schien auf dem besten Wege, als plötzlich ein
Ereigniß eintrat, welches den Erlaß eines Duldungsgesetzes
für Jahre hinaus hinderte und dem erlöschen wollenden
Verfolgungsgeiste wieder neues Oel zuführte.

Ein nichtswürdiger Mensch Titus Dates, der wegen seiner schändlichen Ausschreitungen von seinem Amte als Geistlicher der Staatskirche hatte entfernt werden müssen, war zu den Jesuiten in Spanien und Frankreich geflüchtet, hatte sich aber auch bei diesen so aufgeführt, daß sie ihn mit Schimpf und Schande fortjagten. Um sich dafür zu rächen, brachte er das Märchen auf, es sei eine ungeheure Verschwörung der Jesuiten gegen England im Werke, die zum Zweck habe, alle Evangelische zu ermorden und die katholische Religion zur herrschenden zu machen. Selbst der König, der die Verfolgung der Katholiken in seinem Lande dulde, und der Herzog von York, dem man auch keine aufrichtige Liebe zur katholischen Religion zutraue, sollten nicht verschont werden, und eine französische Armee, die in Irland ans Land gesetzt werden würde, solle das blutige Werk vollbringen helfen.

Ob dieser ungeheuerlichen Anklage, die der Anstifter derselben auf Briefe und Papiere gründete, welche ihm von den französischen und spanischen Jesuiten anvertraut gewesen seien, und die er aus Neugierde erbrochen habe, auch nur das kleinste Körnchen Wahrheit zu Grunde lag, ist sehr zweifelhaft und noch nicht völlig aufgeklärt. Allein das ist sicher, daß sie das englische Volk in die furcht= barste Erregung versetzte. Die Besonnenern lachten zwar nur über den erbärmlichen Betrüger, der doch wegen seiner Schlechtigkeit so wenig Glauben verdiente, aber im großen und ganzen wurde doch seinen Aussagen Glauben geschenkt, und die natürliche Folge war, daß die sich be= droht glaubende Staatskirche mit neuer und doppelter Strenge die bestehenden Gesetze gegen alle ihre Widersacher handhaben ließ.

Je mehr aber damit die Aussicht auf eine auch nur

beschränkte Religionsfreiheit im Mutterlande dahinschwand, desto angelegentlicher und lebhafter beschäftigte sich Penn nun wieder mit seinem Lieblingsplane, drüben in Amerika der Freiheit eine sichere Heimstätte zu gründen. Die Grundsätze, welche dabei befolgt werden sollten, waren ihm längst klar und standen unwiderruflich fest. Sie hießen: vollkommene Gleichheit aller Bürger vor dem Gesetze; vollkommene Gewissens= und Gottesdienstfreiheit; vollkommene Gleichberechtigung aller Stände ohne irgend welches Vorrecht für den einen oder den andern, vollkommene Selbstregierung des Volkes, das alle Ämter durch freie Wahl überträgt; vollkommene Heilighaltung der persönlichen Freiheit wie des persönlichen Eigentums. Es läßt sich ja nicht leugnen, daß, wenn diese Grundsätze ehrlich und gewissenhaft beachtet und durchgeführt wurden, in der That eine Stätte des Glücks und des Friedens erwachsen mußte, wie bis dahin die Welt noch keine gesehen hatte. Und hatte denn nicht schon das fröhliche Gedeihen von Neujersey, wo wenigstens ein Teil dieser Grundsätze schon zur Anwendung gekommen waren, den Beweis geliefert, daß dieselben wirklich ausführbar seien?

Aber wo den „heiligen Versuch" machen? Jedenfalls mußte es eine Stätte sein, wo nichts von staatlichen Ordnungen bestand, wo sich von Grund aus ein neues schaffen ließ.

Da richteten sich denn die Blicke Penns auf das Gebiet nördlich von der Provinz Maryland, wo sich der katholische Lord Baltimore schon 1632 unter Karl I. ein Fürstentum gegründet, und darin seinen in England so gedrückten Glaubensgenossen eine Freistatt eröffnet hatte, in der aber auch alle anderen religiösen Bekenntnisse volle Freiheit haben sollten.

Im Westen grenzte das ins Auge gefaßte Gebiet an Neujersey, hatte also auch hier eine Nachbarschaft, die für Penns Pläne kein Hinderniß zu werden drohte. Aller= dings wohnten innerhalb des Gebietes hier und da schon ein paar schwedische und holländische Ansiedler; aber ihre Zahl war so gering, ihre Ansiebelungen, aus Holz= und Lehm=Hütten bestehend, lagen so weit auseinander, daß sie als etwaige Widersacher der pennschen Pläne gar nicht brauchten in Betracht gezogen zu werden, wenn es erst gelungen war, Ansiedler von der Art, wie sich Penn sie wünschte, und in der Menge, wie sie zur Bevölkerung der weiten Landstrecken nötig war, herbei zu ziehen. Im übrigen waren diese Landstrecken noch eine völlig unge= brochene Wildnis, in der man Tage lang wandern konnte, ohne einen andern Laut zu hören, als den der zahllosen Vögel, welche die weiten Wälder bewohnten. Die rot= braunen Eingeborenen des Landes aber, wenn sie auch an und für sich nichts zu wünschen übrig ließen in Bezug auf Schlauheit und auch auf Grausamkeit da, wo man sie reizte oder ihnen Unrecht zufügte, waren doch so geartet, daß man bei einer milden und gerechten Behandlung ganz wol ohne Feindseligkeiten mit ihnen auskommen konnte, wie es ja die Ansiedler in Neujersey schon erfahren hatten.

So faßte denn Penn endlich den festen Entschluß, sich, wo möglich, in den Besitz jenes Landstriches zu setzen. Allzuschwer konnte ihm dies nach seiner Ansicht nicht werden, denn die englische Regierung beanspruchte die Oberherrlich= keit über alles Land in Nordamerika vom 34. bis zum 45. Grade nördlicher Breit, weil die dortigen Küstenstriche durch englische Fahrzeuge entdeckt worden seien, allerdings ein sehr triftiger und überzeugender Grund, wie jeder zu= geben muß! Schon König Jakob I. hatte einer englischen

Gesellschaft durch einen Freibrief den Besitz jener Ländereien erteilt, und zwar in der ganzen Ausdehnung des Festlandes zwischen den genannten Breitegraden vom atlantischen bis hinüber zum großen oder stillen Ocean. Sie sollte dort Colonien anzulegen und die Schätze des Landes zu heben suchen. Diese Gesellschaft teilte sich nachher in zwei, von denen die eine den nördlichen Teil des überwiesenen Gebietes besiedeln sollte, die andere aber, die sogenannte London-Compagnie, den südlichen.

Letztere Gesellschaft ging sofort an die Arbeit und rüstete im Jahre 1607 ein Schiff aus, welches in der Chesapeake-Bai einlief, den Jamesfluß hinaufsegelte und dessen Insassen Jamestown oder Jakobsstadt, als die erste englische Colonie in Nordamerika anlegten. Dieser ersten Ansiedelung folgten schnell weitere, und schon im Jahre 1621 war die Besiedelung soweit gediehen, daß die London-Compagnie, welche über das besiedelte Land das Eigentumsrecht für sich behielt und es durch einen Statthalter ausüben ließ, ihrem Gebiete, das sie Virginia nannte, eine geschriebene Verfassung geben konnte. Aber die Compagnie gerieth mit König Jakob I. in Zwist und wurde 1624 aufgelöst, worauf Virginien für die englische Krone in Besitz genommen wurde.

Der Teil der Gesellschaft, welcher die nördlichen Gegenden besiedeln sollte, scheint freiwillig von diesem Plane zurückgetreten zu sein. Denn König Jakob I. verlieh das Land zwischen dem 40. und 48. Breitegrade, welches er Neu-England nannte, einer anderen, der sogenannten Plymouth-Compagnie, die aber auch selbst nichts unternahm, sondern das ihr zugesprochene Gebiet an andere Vereine oder auch an Privatleute abtrat und auch puritanischen Auswanderern eine Landstrecke überließ. Als im Jahre

1689 unter Karl I. ihr Freibrief für erloschen erklärt wurde, fiel das von ihr noch nicht verteilte Gebiet, wozu die nachherigen Staaten Pennsylvanien, Neu-York und Neu-Jersey gehörten, wieder der englischen Krone anheim. Aber auch die Holländer machten auf das Land zwischen den Flüssen Delaware und Hudson Eigentumsansprüche, weil der englische Seefahrer Hudson, als er die dortigen Küsten entdeckte, in ihren Diensten gestanden hatte. Sie gründeten zwischen der Delaware-Bai und dem Flusse Connecticut ihr Neu-Niederland, zu dem auch im Jahre 1655 das Gebiet fiel, welches auf Betreiben des Königs Gustav Adolf eine schwedische Handelsgesellschaft auf dem westlichen Ufer des Delaware den Eingeborenen abgekauft und „Neu-Schweden" genannt hatte, das aber von dieser, als sie die gehofften Handelsvorteile nicht fand, wieder aufgegeben wurde. Es umfaßte dies Gebiet den heutigen Staat Delaware und den südlichen Teil des heutigen Pennsylvaniens.

Wie nun dieses Neu-Niederland als Preis des Seesieges, den die Engländer über die Holländer erfochten, an die ersteren fiel, und wie dann die Staaten Neu-York und Neu-Jersey entstanden, von welchem letzteren der westliche Teil in den Besitz von quäkerischen Ansiedlern kam und von William Penn seine Verfassung erhielt, das alles ist schon im vorigen Kapitel erzählt worden.

Das Gebiet, welches Penn nun für sich erwerben wollte, war nach Aufhebung der Plymouth-Compagnie, wie vorhin erwähnt wurde, im Besitz der englischen Krone und konnte von dem Könige wieder vergeben werden.

Wenn wir vorhin sagten, daß Penn es nicht für allzuschwer hielt, es für sich zu erwerben, so ist das zu verstehen, wenn an das zurückgedacht wird, was am Schlusse des 4. Kapitels erzählt worden ist. Penn hatte nämlich von seinem Vater eine Schuldforderung von 15000 Pfund Sterling an den König Karl II. und den Herzog von York ererbt.

Diese Schuld zurückzuzahlen, waren aber die beiden königlichen Brüder außer Stande, zumal da in den 10 Jahren nach dem Tode des Admirals die nicht ausbezahlten Zinsen auf weitere 1000 Pfund aufgelaufen waren und die ganze Schuldsumme auf 16000 Pfund gebracht hatten. Nach Penns Ansicht mußte der König darum den Vor- schlag, ihm gegen Aufgebung seiner Forderung den genannten Landstrich in Nordamerika abzutreten, mit Freuden be- grüßen; denn auf eine leichtere Art konnte er die große Geldschuld gar nicht los werden.

Aber so ganz leicht sollte dies doch nicht gehen. Denn die Zeiten waren vorüber, in welchen der König aus eigener Machtvollkommenheit amerikanische Ländereien vergeben uud verkaufen konnte. Bei einem solchen Geschäfte mußte jetzt auch zum allerwenigsten der geheime Rat des Königs ge- hört werden und seine Zustimmung erteilen. Diese zu er- langen mußte aber schwer fallen, da man Penns Absicht kannte, seinen neuen Staat auf Grundsätzen zu errichten, die man nicht allein an sich für völlig ungereimt hielt, sondern auch als solche ansah, die dem Staate und der Krone entschieden gefährlich werden mußen. Penn erhielt deßhalb von seinen Freunden den klugen Rat, in seiner an den König einzureichenden Bittschrift ja nichts von seinen eigentlichen Plänen und Grundsätzen verlauten zu lassen, und that dies auch, um nicht das ganze so lange schon beschlossene Unternehmen aufgeben zu müssen.

Allein trotzdem gab es viele Schwierigkeiten zu be- seitigen, ehe Penns Bittgesuch die Genehmigung erhielt, besonders weil in demselben die Grenzen des beanspruchten Gebietes nicht genau bezeichnet waren, auch in der pfad- und merkmallosen Wildniß gar nicht genau bezeichnet werden konnten, und weil man daneben sorgfältig darauf bedacht war, dem zu erteilenden Freibriefe alle Bedingungen ein- zuverleiben, durch welche die königliche Oberherrschaft ge- sichert werden sollte.

Während die Sache noch vor dem geheimen Rate ver- handelt wurde, und ein günstiger Ausgang derselben noch keineswegs außer allem Zweifel stand, ergriff Penn die günstige Gelegenheit, welche sich ihm bot, Mitbesitzer von Neu=Jersey zu werden. Denn, wurde sein Bittgesuch wirk- lich abschläglich beschieden, so war es ihm dann doch möglich, seinen „heiligen Versuch" in dieser Provinz wenn auch nur in kleinerem Maßstabe in's Werk zu setzen. Sir George Carteret war nämlich auch des Besitzes seines Anteils an Neu=Jersey müde und bot denselben zum Kaufe aus. Penn vereinigte sich mit dem Grafen von Perth und einer größeren Gesellschaft anderer und schloß den Kauf ab. Er durfte dabei sehen, welches Vertrauen man in ihn und seine Geschicklichkeit setzte. Denn kaum hatte er wieder eine Beschreibung des verkauften Gebietes und die günstigen Bedingungen bekannt gemacht, welche dort neuen Ansiedlern bewilligt werden sollten, als auch schon eine große Anzahl von Familien, besonders aus Schott- land, sich bei ihm zur Übersiedelung anmeldeten und die- selbe auch bewerkstelligten.

Endlich nach langer Beratung und wol nicht ohne Ein- fluß des Herzogs von York, mit dem sich Penn wieder in Verbindung gesetzt hatte, entschloß sich der geheime Rat des Königs dazu, Penns Antrag zu willfahren. Was dabei den schließlichen Ausschlag gab, war ohne Zweifel die

Erwägung, daß Penn, wenn man ihm die Landbewilligung versage, auf die Bezahlung seiner Schuld bringen werde, wofür im Augenblicke durchaus keine Mittel verfügbar waren.

Am 24. Februar 1681 übergaben die Lords des Handels und der Colonien dem Könige die aufgesetzte Urkunde, durch welche Penn zum unbeschränkten Besitzer und Erb-herrn des Gebietes ernannt wurde, welches sich in einer Länge von etwa 70 und in einer Breite von etwa 35 deutschen Meilen vom Delaware bis zum Ohio im Westen und bis zum Erie-See im Norden erstreckte und beinahe soviele Quadratmeilen umfaßte wie ganz England. König Karl II. erteilte dieser Urkunde gerne seine Unterschrift, weil sie ihn von einer Schuld befreite, die ihn schon oft gedrückt hatte.

Am 5. März fand eine Sitzung des geheimen Rates statt, worin Penn in Gegenwart des Königs die Urkunde empfangen sollte. Wie gut gelaunt König Karl dabei war, zeigt eine Anekdote, die sich rasch im Volke verbreitete. Penn hatte nämlich nach Quäkersitte beim Eintritte des Königs in den Sitzungssaal weder seinen Hut abgenommen, noch auch die übliche ehrenvolle Verbeugung vor der Maje-stät gemacht. Da nahm der König denn seinen Hut ab, während es doch sein königliches Vorrecht war, allein das Haupt bedeckt zu halten, wenn er in eine Versammlung eintrat. Auf die verwunderte Frage Penns: „König Karl, warum behältst Du deinen Hut nicht auf?" antwortete der König lächelnd: „Weil es hier Brauch ist, daß nur e i n e r das Haupt bedeckt haben darf."

Auch aus einem anderen Zwischenfalle, der sich in der Versammlung zutrug, ist die Freude des Königs, seiner Schuld an Penn quitt zu werden, deutlich zu erkennen.

Die neue Provinz mußte nämlich auch einen Namen haben, der in die Urkunde einzutragen war. Penn schlug den Namen „Neu=Wales" vor, weil das ihm übertragene Ge= biet ebenso bergig sei als dieser westliche Theil der bri= tischen Insel. Einer der Räte jedoch, der aus Wales herstammte und jedenfalls zu denen gehörte, die Penn nicht besonders geneigt waren, erhob Einspruch gegen diesen Namen, weil es ihm widerstrebte, daß das amerikanische Quäkerland den Namen seiner lieben Heimat führen sollte. Penn schlug hierauf, weil sein neues Gebiet ebenso wald= reich wie bergig war, den Namen Sylvania (Waldland) vor, der auch Anklang fand. Nur wollte der König, daß diesem Namen noch der Name Penns vorgesetzt und also der Name Pennsylvania gewählt würde, der also soviel bedeutete wie: „Penns Waldland."

Vergebens wehrte sich Penn gegen die Vorsetzung seines Namens, weil man ihm dieselbe als thörichte Eitelkeit auslegen würde: der König blieb bei seinem Willen und erklärte wohlgelaunt, er selbst wolle die ganze Verantwort= lichkeit dafür auf sich nehmen. So wurde denn der Name „Pennsylvania" in die Urkunde eingetragen und für alle Zeiten jener Provinz aufgeprägt.

Die betreffende Urkunde ist noch heute in der Provinz vorhanden und wird sorgfältig aufbewahrt. Sie ist in altenglischer Handschrift auf Rollen von starkem Pergament geschrieben und jede Zeile mit roter Tinte unterstrichen, während die Ränder mit schönen Zeichnungen versehen sind und das erste Blatt mit einem Bildnisse des Königs Karl II. geschmückt ist.

Mit großer Befriedigung und Freude nahm Penn die Urkunde aus den Händen des Königs entgegen, weil er da= mit den ersten und wichtigsten Schritt zum Ziele gethan

sah. Zum Himmel emporblickend rief er aus der Fülle
seines Herzens aus: „Gott hat mir diese Urkunde gegeben
im Angesichte der Welt. Er wird sie segnen und sie zum
Samen einer Nation machen!"

Die Urkunde gestattete dem neuen Eigentümer, die
Provinz in Grafschaften und Gemeindebezirke einzuteilen,
ihr Flecken und Städte einzuverleiben, unter Zustimmung
der freien Männer Gesetze zu geben, für öffentliche Zwecke
Steuern zu erheben, Mannschaften ins Feld zu stellen,
Feinde zu bekämpfen und sie nach den Bestimmungen des
Kriegsrechtes auch mit dem Tode zu bestrafen: Alles unter
der Bedingung, daß die zu gebenden Gesetze mit denen
Englands nicht in Widerspruch ständen, daß die dem Könige
gebührenden Zollabgaben auf Handelswaaren richtig bezahlt und die Treue gegen Krone und Parlament nicht
außer Acht gelassen würde. Für den Fall, daß die Handels-
verfügungen Englands nicht genau beobachtet würden, behielt sich der König das Recht vor, die Regierung Pennsylvaniens selbst zu übernehmen, bis er zum vollen Be-
trage des Wertes des Landes entschädigt sei. Dem Parlamente wurde das Recht vorbehalten, der Bevölkerung
Pennsylvaniens Steuern aufzuerlegen. Auf den besonderen
Antrag des Bischofs von London war auch noch die Be-
stimmung aufgenommen worden, daß, wenn immer zwanzig
Bewohner der Provinz von ihm einen Prediger der bischöflichen Staatskirche begehren würden, dieser die Erlaubnis
haben müsse, in der Provinz zu wohnen. Endlich sollte
„der Eigentümer" Penn zur Anerkenntniß, daß sein Land
ein Lehen der englischen Krone sei, dem Könige von England jährlich zwei Bärenhäute liefern (Lord Baltimore
mußte zu gleichem Zwecke jährlich zwei indianische Pfeile
einsenden), und ebenso den fünften Theil von allem Gold

6*

und Silber, welches etwa in Pennsylvanien gefunden
würde, abgeben.

Penn ging nun sogleich an das Werk, eine Verfassung
für seinen neuen Staat auszuarbeiten. Wie ernst er es
mit dieser wichtigen Arbeit nahm zeigen folgende Worte
von ihm: „Ich werde bestrebt sein, in dieser Provinz eine
gerechte und redliche Regierung zu errichten; denn wahr=
lich, das ist es, was mein Herz ersehnt! Nationen ver=
langen eine Richtschnur, und der Zorn Gottes wird über
ihnen bleiben, bis Laster und verderbliche Sitten unpar=
teiisch gerügt und bestraft, bis Tugend und Nüchternheit
in Ehren gehalten werden. Deßwegen begehre ich die
Weisheit des Herrn, um mich und jene zu beschützen,
welche gemeinsame Sache mit mir machen, daß wir das
thun mögen, was wahrhaft weise und gerecht ist." — Am
Schlusse der Einleitung zu seinem Verfassungsentwurfe aber
sagt er, daß er „in Ehrfurcht vor Gott und mit gutem
Gewissen gegen die Menschen" seine Regierungsform ge=
wählt habe.

Diese bestand im wesentlichen darin, daß die Herrscher=
gewalt von dem Gouverneur, also zunächst von Penn selber,
und den freien Männern des Landes gemeinsam geübt
werden sollte. Zum Zwecke der Gesetzgebung sollte von
den freien Männern zunächst ein Rat von 72 Männern
gewählt werden, von denen jedes Jahr ein Drittel aus=
scheiden und durch Neuwahl ersetzt werden sollte. Dieser
Rat hatte die Gesetze vorzubereiten und zu entwerfen und
auch nachher die richtige Ausführung derselben zu beauf=
sichtigen. Es lag ihm weiter ob, den Frieden und die
Sicherheit der Provinz zu wahren, den öffentlichen Ver=
kehr zu regeln, und durch Anlegung von Straßen, Lan=
dungsplätzen und Häfen zu fördern, den Staatsschatz zu

beaufsichtigen, Schulen und Gerichtshöfe einzurichten, über=
haupt alles zu thun, was zu einer geordneten und heil=
samen Verwaltung des Landes nötig sei. — Das einzige
Vorrecht, welches Penn für sich und seine Familie in An=
spruch nahm, war das, daß er und seine Erben und Rechts=
nachfolger in diesem Staatsrate stets den Vorsitz führen
und bei Abstimmungen anstatt einer drei Stimmen haben
sollten.

Diesem Staatsrate wurde eine Versammlung zur Seite
gestellt, welche zuerst alle freien Männer des Staates um=
fassen sollte, später aber, als deren Zahl zu groß wurde,
aus jährlich von ihnen zu wählenden Abgeordneten bestehen
sollte, deren Zahl aber niemals über 500 steigen durfte.
Dieser Versammlung mußten alle vom Staatsrate beschlosse=
nen Gesetze zur Genehmigung oder Verwerfung vorgelegt
werden. Auch erhielt sie das Recht, die Personen vorzu=
schlagen, aus denen die Richter und städtischen Beamten
genommen werden sollten, und der Gouverneur war ver=
bunden, wenigstens die Hälfte derselben aus den Vorge=
schlagenen zu nehmen.

Dies waren die Grundzüge der von Penn für seine
Provinz entworfenen Verfassung, denen er dann noch 40
vorläufige Gesetze folgen ließ, die einstweilen bis ein
Staatsrat gewählt sei, in Kraft treten sollten, und die
obenan jedem volle Glaubens= und Gottesdienstfreiheit zu=
sicherten, auch jeden, der einen anderen wegen seines Glau=
bens und seiner Religionsübung schmähe, als einen Störer
des Friedens unter Strafe stellten. Weiter wurden darin
Theatervorstellungen, Glücksspiele, rauschende Lustbarkeiten
und Gelage, Belustigungen, bei welchen Blut floß und
Thiere gemartert wurden, untersagt, wie überhaupt alles,
was Grausamkeit, Ausschweifungen, Trägheit und Gott=

losigkeit fördern konnte. Die Gefängnisse sollten Arbeits=
häuser sein, worin die Gefangenen selbst ihren Lebens=
unterhalt verdienen müßten. Jeder Dieb sollte den Wert
des Entwendeten doppelt ersetzen, und wenn er das nicht
könnte, solange im Gefängnisse für den Bestohlenen arbeiten,
bis der Betrag zusammengebracht sei. Jedes Kind mußte
vom 12. Lebensjahre an zur Erlernung einer nützlichen
Beschäftigung angehalten werden, damit dem Müßiggange
vorgebeugt werde.

Viele von diesen vorläufigen Gesetzen und Verordnungen
blieben für immer in Kraft in Pennsylvanien, da ihre
Heilsamkeit durch den Erfolg bewiesen wurde und die
Mitglieder des Staatsrates, welcher später die Gesetze zu
erlassen hatte, nichts besseres an die Stelle zu setzen wußten.

_____

VII.

Wir müssen aber jetzt zunächst einen Blick auf das
Land werfen, welches nun, da es ihm als Eigentum zu=
gewiesen war, Penns Gedanken und Sorgen ganz für sich
in Anspruch nahm.

Von der Lage desselben ist schon die Rede gewesen.
Es erstreckte sich im Norden des Staates Maryland und
im Westen des Staates Neu=Jersey, in welchem Penn jetzt
auch Grundbesitzer war, vom Delaware=Fluß im Osten
bis zum Ohiostrome im Westen und reichte im Norden
bis an den Erie=See hinauf. Waren im Osten und Westen
die Grenzen durch die genannten Flüsse ziemlich genau
bezeichnet, so war dies im Norden und Süden durchaus
nicht der Fall. Hier war es den betreffenden Eigentümern
überlassen, sich wegen einer Grenze gütlich zu einigen.
Wie war es auch möglich, eine genaue, feste Grenzlinie

zu bestimmen, wo zum größten Teile noch der Urwald be=
stand, und außer den Eingeborenen, die denselben auf ihren
Jagdzügen durchstreiften, keine Menschenseele zu finden war?

Ein großer Teil des Gebietes wurde von den ver=
schiedenen Zügen des mächtigen Alleghany=Gebirges ein=
genommen, dessen kahle, felsige Höhen allerdings keinen
besonders erfreulichen Anblick boten, und ebenso wenig für
das Klima besonders günstige Aussichten eröffneten. Aber
wo nur Bäume für ihre Wurzeln Nahrung fanden, da
breiteten sich dichte, noch von keiner Axt berührte Wal=
dungen aus, und üppige Wiesengründe umsäumten die
zahllosen Bäche, die vom Hochgebirge herabkamen und ihre
Wasser den Flüssen Alleghany und Susquehannah zuführten,
die zwischen den zwei schon genannten Grenzflüssen das
Gebiet durchströmten.

Der Zugang zu dem atlantischen Ocean war für die
Provinz nur ein einziger, und zwar durch den Delaware=
fluß, der in die Bai gleichen Namens strömte und durch
diese einen ausgezeichneten Hafen hatte.

Das Klima des Landes war ein sehr verschiedenes.
Während in der Gebirgsgegend der Winter in der Regel
hohe Kältegrade brachte, erfreuten sich sowohl die östliche
Abdachung nach dem atlantischen Ocean hin, wie auch die
nordwestliche nach dem Ohio und dem Erie=See hin eines
gemäßigten Klimas und oft sehr heißer Sommer. Hier
war auch der Boden durchaus reich und fruchtbar und
verhieß den fleißigen Ansiedlern reiche Ernten, wenn sie
erst die schwierige Arbeit, das Waldland zu klären und
Raum für den Pflug zu schaffen, glücklich hinter sich hatten.

Die Wälder lieferten fast alle Holzarten, von den aus
England her den Ansiedlern schon bekannten bis zur Ceder,
zur Cypresse, zur Pinie, zur Sycomore, ja bis zu den

reich blühenden Tulpenbäumen, die in den geschützteren
Lagen herrlich gediehen. In diesen Wäldern, deren Unter=
holz durch Schlinggewächse und Kletterreben oft zum un=
durchdringlichen Dickicht wurde, wimmelte es von wildem
Geflügel, und edlen Hirschen, in den zahlreichen Bächen
und Flüssen von Fischen, eßbaren Muscheln und Krebsen.
In den geschützteren Lagen wuchsen ohne jede Pflege die
köstlichsten Trauben und Pfirsiche, Kastanien und Maul=
beeren, und Blumen von südlicher Farbenpracht fesselten
die Blicke der erstaunten Ansiedler. Das Gold und Silber,
von dem sich der König von England fürsorglich seinen
Anteil ausbedungen hatte, fand sich zwar im Boden nicht
vor, aber desto reichlicher das nützliche Eisen und ein un=
erschöpflicher Reichtum der besten Steinkohlen. Auch schätzbare
Salzquellen fehlten nicht, ebenso wenig die zum Bauen
unentbehrlichen Materialien: Kalk, Schiefer und Bausteine.

Kurz es war ein Gebiet, das für jedes Bedürfnis
reichliche Befriedigung bieten konnte und den Ansiedlern
nach allen Seiten hin die besten Aussichten für ihre Zu=
kunft gab.

Allerdings waren auch noch zahlreiche Stämme von Ein=
geborenen vorhanden, im südlichen Teile die rotbraunen
„Lenni Lennappee,“ im nördlichen die roten „Irokesen“.
Aber wenn dieselben auch wol zunächst mit Mißtrauen
auf die weißen Männer sehen mußten, die in ihr Gebiet
eindrangen, so ließ sich doch erwarten, daß man mit ihnen
in Frieden auskommen würde, wenn man sie freundlich
und gerecht behandelte und sich, wie es schon bei der Grün=
dung von Neu=Jersey mit bestem Erfolge geschehen war,
das Recht, sich in ihrem Gebiete anzusiedeln, durch ehr=
lichen Kauf erwarb. Denn diese Halbwilden legten auf
den ungestörten, fortdauernden Besitz des Landes, über

daß sie die Herrschaft beanspruchten, keinen besonderen
Wert. Feste Wohnplätze hatten sie nicht, sondern zogen
in ihrem weiten Gebiete umher, sich für eine Zeit lang
da niederzulassen, wo ihnen die Wälder besonders reiche
Jagdbeute verhießen, oder die Flüsse und Bäche ihre Netze
reich mit Fischen zu füllen versprachen. Solange sie nach
Belieben fischen und jagen konnten, und ihre Frauen ein
kleines Fleckchen freie Erbe fanden, um den Mais zu ziehen,
der ihnen zu ihrem Wildpret und zu ihren Fischen das
Brod lieferte, waren keine feindseligen Angriffe von ihnen
zu befürchten.

Penn selbst ahnte nicht, daß er für seine Geldforderung
ein Königreich eingetauscht hatte, und wurde sich auch wol,
solange er lebte, des vollen Wertes seines Erwerbs nicht
bewußt. Sich selbst und seine Familie zu bereichern, lag
ihm ebenso fern, wie es sein Vater sich hatte nahe liegen
lassen. Ihm galt es nur, einen Fleck Erbe zu gewinnen,
auf dem er seinen Musterstaat einrichten könne.

Deshalb wies er auch alle die Anträge zurück, die ihm
alsbald gemacht wurden, nachdem seine Landerwerbs=Ur=
kunde ausgestellt war, dem einen oder anderen Händler
gegen reichliche Bezahlung gewisse Handelsvorrechte zu er=
teilen, obwol er dazu völlig berechtigt gewesen wäre und
damit nichts anderes gethan haben würde, als was von
anderen, die mit ihm in gleicher Lage waren, ganz unbe=
denklich gethan wurde. So wurden ihm z. B. allein 6000
Pfund Sterling und außerdem $2\frac{1}{2}$ Procent des jährlichen
Gewinns von einem Händler geboten, der sich dadurch
das ausschließliche Recht erwerben wollte, zwischen den
Flüssen Delaware und Susquehannah mit Filzhüte zu
handeln. Aber Penn wies uneigennützig das Anerbieten
zurück, obschon er sich augenblicklich in gedrückten Geld=

verhältnissen befand. Die Freiheit des Handels sollte in seinem Staate ebensowenig beschränkt werden, wie die Freiheit des Glaubens und der Person.

Je mehr die Grundsätze, nach denen Penn sein Staats=wesen einrichten wollte, bekannt wurden, desto zahlreicher kamen die Auswanderer, die sich drüben in dem neuen Staate niederlassen wollten. Penn sah sich bald von Be=vollmächtigten, die wegen des Ankaufs von Ländereien in Pennsylvanien oder wegen zu bildender Handels=Gesell=schaften sich mit ihm besprechen wollten, so überlaufen, daß er sich kaum zu helfen wußte. Es waren wenige Städte in den vereinigten drei Reichen, aus welchen nicht Anträge und Gesuche an ihn gestellt worden wären, und ebenso kamen Boten aus Holland und Deutschland, wo sein Andenken noch nicht erloschen war. Es bildeten sich auch Auswanderungsgesellschaften, welche Ansiedelungen in größerem Maßstabe beabsichtigten. So schloß eine solche Gesellschaft in Frankfurt a. M. mit Penn einen Vertrag, wonach ihr 15000 Morgen Landes längs den Ufern eines schiffbaren Flusses und außerdem 300 Morgen innerhalb des Gebietes zufallen sollten, auf dem die Gründung der Hauptstadt des neuen Staates stattfinden würde.

Eine in Bristol gegründete Freihandels=Gesellschaft schloß den Kaufvertrag über 20000 Morgen Land ab und ging sogleich daran, ein Auswandererschiff auszurüsten. In London, Liverpool, Bristol sammelten sich die Aus=wanderer in solcher Menge, daß Penn wegen der Besiedel=ung seines Gebietes bald nicht mehr in Sorge zu sein brauchte.

Freilich fehlte es unter den Auswandernden nicht an Abenteurern, die drüben nur ihr Glück zu machen suchten und dieses Ziel bei der Staatsverfassung, die Penn geben wollte, leichter und schneller als anders wo zu erreichen

hofften. Allein die große Mehrzahl der Auswandernden
waren doch solche, die dem unerträglichen Drucke entfliehen
wollten, der sie daheim wegen ihrer religiösen Ansichten
traf, und die deshalb besseres mit hinüber nahmen, als
blos einen anschlägigen Kopf und ein paar arbeitgewöhnter
Fäuste.

Penn hatte schon sogleich, nachdem er seine Urkunde
in der Tasche hatte, seinen Vetter, den Obersten Markham,
mit drei Schiffen abgesandt, von der neuen Provinz in
seinem Namen Besitz zu ergreifen, mit Lord Baltimore
wegen der unbestimmt gebliebenen Grenze nach Süden
gegen Maryland hin zu verhandeln und vor allen Dingen
mit den Eingeborenen des Landes sich auf freundschaft=
lichen Fuß zu stellen und mit ihnen einen förmlichen Kauf=
vertrag über die ihnen zugehörigen Gebietsteile abzuschlie=
ßen. Penn wollte es nicht machen, wie es bisher mit den
armen Indianern gemacht worden war. Die europäischen
Entdecker und Eroberer Amerikas hatten sie nämlich mit
schonungsloser Grausamkeit behandelt und sie ohne weiteres
als ihre Sklaven angesehen. Man hatte sie nicht blos
ohne jegliche Entschädigung weiter und immer weiter aus
ihren Jagdgründen zurückgedrängt, wo es sich lohnte, diese
in Besitz zu nehmen, nein, besonders die spanischen Er=
oberer hatten in ihrem unersättlichen Goldburst ihnen alles
abgenommen, was sie von edlen Metallen und Perlen be=
saßen, und sie sogar durch die ausgesuchteste Grausamkeit
zu zwingen gesucht, daß sie die Stätten angäben, wo sie
das Gold zu ihren Zierraten holten. Und noch nicht genug
damit! Sie wurden auch, soweit man ihrer habhaft werden
konnte, mit Gewalt gezwungen, für ihre Unterdrücker als
Sklaven zu arbeiten. Widersetzten sie sich nur im minde=
sten, oder griffen sie gar zu den Waffen, um ihre Freiheit

zu behaupten oder wieder zu erobern, so wurden sie wie wilbe Thiere mit gräulichen, eigens zu solcher Jagd abgerichteten Bluthunden gehetzt unb fielen wie die Schneeflocken unter den mörderischen Kugeln, benen gegenüber sich ihre Pfeile als nutzlose Waffen erwiesen. Selbst die englischeu Ansiebler, welche Neu-England gründeten, obwol sie meistens Puritaner waren uub als solche christliche Milde unb Gerechtigkeit gegen die Unterbrückten hätten üben müssen, besleckten sich mit mancher Hanbluug bes Verrats unb der Grausamkeit gegen die Jnbianer unb lebten beshalb mit ihnen in beständigem Kampfe.

Penns milber Sinn wollte ein ganz entgegengesetztes Verfahren einschlagen, zumal ba ihm ein solches auch für bas äußere Gebeihen seines Lanbes vom besten Erfolge zu werben versprach. Er wollte bas volle Vertrauen der Eingebornen gewinnen, bie ja schon burch die Besiebelung Neu-Jerseys zu der Erkenntnis hatten kommeu müssen, baß boch keineswegs alle weißen Männer benjenigen glichen, mit benen sie zuerst in Berührung gekommen waren. Wie man auch über solche menschenfreundliche Einfälle spotten mochte, er versah seinen Vetter Markham gerade nach bieser Seite hin mit ben bestimmtesten unb genauesten Anweisungen.

Dieser war ein kühner unb entschlossener Mann, ber seinem Vetter Penn auf bas Völligste ergeben war. Obwol seines Stanbes ein Kriegsmann, ging er boch auf die friebfertigen Gebanken seines Verwanbten gerne ein, weil er beren Weisheit unb Heilsamkeit begriff. Sowie er glücklich brüben angekommen war, schloß er mit ben Häuptlingen oder „Sachems“ der zunächst wohnenben Stämme einen Kaufvertrag ab, worin er sich gegen einen verabrebeten Preis bas ihnen zugehörige Lanb für Penn übertragen ließ und gab zugleich in dessen Namen die feierliche Zusicherung, daß kein Ansiedler jemals etwas Feindseliges gegen sie unternehmen würde.

Als die beiden nächsten Schiffe von England abgingen, schickte Penn drei Bevollmächtigte mit, welche noch weiterhin die Indianer zum Abschließen von Friedens= und Freundschaftsverträgen bewegen und so dem von Markham begonnenen Werke noch weitere Ausdehnung und noch sicherere Festigkeit geben sollten. Er gab ihnen eine von ihm selbst verfaßte Ansprache an die Indianer mit, die diesen mitgeteilt werden sollte, und worin er es als seinen aufrichtigen Wunsch aussprach, „mit ihrer Liebe und ihrem Beifall" über das von ihm erworbene Gebiet zu regieren, so daß sie stets als Freunde und Nachbarn bei einander leben möchten.

Weniger glücklich als bei den Verhandlungen mit den Eingeborenen war Markham bei denen mit Lord Baltimore wegen der unbestimmten Grenze, welche, wenn sie nicht genau festgestellt wurde, Anlaß zu vielem Streite zu geben drohte.

Der Quäkerstaat, der in der Nähe seines Gebiets entstehen sollte, war durchaus nicht nach dem Sinne des katholischen Lord, und er hätte, wenn es in seiner Macht gelegen hätte, die Bildung desselben am Liebsten ganz hintertrieben. Erst als sich König Karl II. auf Penns Seite stellte und eigenhändig an Lord Baltimore schrieb, kam es zu einer einstweiligen Festsetzung des streitigen Grenzgebietes, die aber noch lange keine für immer gültige war.

Penn aber hatte auch noch mit dem Herzoge von York zu unterhandeln, ehe alles ins Reine gebracht war, was für das Gedeihen des neuen Staates erforderlich schien.

Dieser hatte nämlich, wie bereits erwähnt worden ist, nur einen einzigen, unmittelbaren Zugang zu dem Atlantischen Ocean, nämlich den durch die Delaware=Bai und die Mündung des gleichnamigen Flusses. Wurde nun dieser Zugang je einmal durch eine feindliche Macht verlegt und abgeschnitten, so sah es um den Handel Pennsylvaniens übel aus. Deßhalb bemühte sich Penn sehr, den Land= strich auf der Halbinsel zu erwerben, die sich zwischen der Delaware= und der Chesapeake=Bai hinabzieht, welcher die Westküste der Delaware=Bai bildet, und zwar bis herunter zum Cap Henlopen. Denn dessen Besitz ermöglichte es in allen Fällen, den pennsylvanischen Handelsschiffen den nötigen Schutz zu gewähren.

Nach langen Verhandlungen mit dem Herzoge von York, der landesherrliche Rechte über den bezeichneten Küstenstrich in Anspruch nahm, wurde derselbe Penn und seinen Erben für immer überlassen.

So ebneten sich allmählig alle die Schwierigkeiten, die dem sicheren, ungestörten Besitze, sowie der ruhigen, gedeihlichen Entwicklung des neuen Staates noch entgegen gestanden hatten. Penn durfte jetzt, wo in England selbst alles Nötige geordnet war, daran denken, persönlich die Herrschaft seines Staates anzutreten und zu dem Ende die Reise über den atlantischen Ocean zu machen.

Vorher aber sollte er noch einen herben Schmerz er= leben, der ihn auf's Tiefste niederbeugte und die beab= sichtigte große Reise nicht wenig erschwerte.

Plötzlich starb nämlich seine Mutter, die treue Hüterin seiner Jugend, die liebreiche Helferin und milde Ver= mittlerin in der Zeit des Zerwürfnisses mit dem Vater, die sorgsame Teilnehmerin der Pläne und Entschlüsse seines Mannesalters, welche, wenn sie auch seine Pläne mit

ihrem einfachen Sinne nicht ganz verstehen und sie auch
nicht in allen Punkten billigen mochte, sie doch mit ihrer
aufrichtigsten Teilnahme begleitete und wol auch noch etwas
Besseres in bezug auf dieselbe that, nämlich ihre Ausführung und ihr Gedeihen frommen Sinnes dem Herrn
befahl. Wie groß die Liebe war, mit welcher Penn an
dieser guten, treuen Mutter hing; wie tief ihn deßhalb
ihr plötzliches Abscheiden niederbeugte: geht daraus hervor, daß er sich nach ihrem Tode furchtbar angegriffen
fühlte, mehrere Tage gar kein Licht vertragen konnte und
erst nach mehreren Wochen wieder das rechte innere Gleich-
gewicht fand.

Die beabsichtigte Reise nach Pennsylvanien wurde aber
durch diesen Todesfall für Penn auch nicht wenig erschwert.
Seine Frau und seine Kinder jetzt schon auf dieser ersten
Reise mitzunehmen, konnte sich Penn nicht entschließen.
Wie hatte er darum gehofft, seine Lieben unter die Obhut der weisen, erfahrenen Mutter stellen zu können, und
wie getrost wäre er geschieden, wenn er sie unter dieser
Obhut gewußt hätte! Das war nun vorbei, und Penn
hatte einen Sorgenstein mehr auf dem Herzen.

Aber war es denn nötig, sich wegen der Reise nach
Amerika so große Sorgen zu machen? Heutzutage freilich,
wo man diese Reise so leicht und rasch und bequem auf
den schnell fahrenden, verhältnismäßig sicheren, und vor-
trefflich eingerichteten Dampfschiffen machen kann, muß
man fast lächeln, wenn einer, der sich solch eine bequeme
Überfahrt verschaffen kann, sich darüber vorher so bange
Sorgen macht. Aber zu den Zeiten Penns wußte man
ja noch nichts von Dampfschiffen, ahnte nicht einmal davon. Man mußte sich der schwerfälligen Segelschiffe be-
dienen, die so ganz von den Launen des Windes abhängig

sind. Macht man heute die Überfahrt bequem in 8 bis
10 Tagen, so erforderte dieselbe damals zu Penns Zeiten
zum mindesten 6 Wochen, ja bei widrigen Winden oft
das Doppelte. Und ganz abgesehen von den Gefahren
solch einer langen Seereise, was für Zustände fand Penn
drüben, wo es galt, der Wildnis erst die Wohnstätten ab-
zuringen, wo es galt, jegliche Entbehrung auf sich zu
nehmen, wo möglicher Weise die Streitaxt oder das Messer
eines Indianers unversehens dem Leben ein Ende machen
konnte!

Unter solchen Umständen konnte ja wol auch ein entschlossener und mutiger Mann, wie Penn in der That
einer war, bange Sorgen wegen solch einer Reise und
ihres Ausganges haben. Noch einmal trat ihm der Gedanke nahe, Weib und Kinder, von denen ihm die Trenn-
ung so schwer fiel, sogleich mit hinüberzunehmen und sich
selbst der Fürsorge für sie zu unterziehen. Allein welche
Riesenarbeit wartete seiner drüben, die sein ganzes Denken
und Sinnen, seine ganze Thatkraft in Anspruch nehmen
mußte! Konnte und durfte er da sich durch die Sorge
um Weib und Kinder binden lassen, wenn der Zweck der
ganzen Reise irgendwie sollte erreicht werden? Und durfte
er überdies die Seinigen den ungewissen, entbehrungs-
und gefahrvollen Zuständen ohne Weiteres aussetzen, von
denen er durch Nachrichten über die vorausgegangenen
Ansiedler mehr als genug wußte?

Allein Penn wußte ja auch das in vollem zuversicht-
lichem Glauben, daß diesseits wie jenseits des Weltmeers
derselbe treue Herr regiert, der die Seinigen nicht verlassen noch versäumen will. Er war sich auch mit voller
innerer Zuversicht bewußt, daß sein Unternehmen ein gott-
gefälliges sei, weil es nicht eigenen Vorteil und eigene

Ehre zum Zwecke habe, sondern das leibliche und geist=
liche Wohl von vielen Tausenden und die Erzielung von
Zuständen, welche, wenn sie sich in allen Stücken seinen
hohen Plänen gemäß gestalteten, ein wahres Gottesreich
auf Erden schaffen mußten. Hätte es ihm mit dieser Zu=
versicht nicht gelingen müssen, alle bange Sorgen nieder=
zukämpfen und sie auf 'ben zu werfen, der, wenn wir
dies thun, für uns sorgen will?

So that denn Penn seinerseits alles, was er thun
konnte und thun mußte, und befahl dann den Ausgang
getrost dem Lenker der Schicksale. Er setzte eine Art von
Testament auf, worin er voll von der zärtlichsten Liebe
seine Abschiedsermahnungen an die Seinigen niederlegte,
damit sie dieselben immer vor Augen behalten könnten.
Vorzüglich beschäftigte ihn dabei die Sorge um eine rich=
tige Erziehung seiner Kinder, die ja wol einst, wenn alles
gut ging, berufen sein konnten, über Pennsylvanien zu
regieren. Deßhalb ermahnte er seine Gattin, sonst wol so
sparsam wie möglich zu leben, aber an der Erziehung der
Kinder nur ja nichts zu sparen. Die Söhne, Springett
und William, sollten sich in allem gründliche Kenntnisse
sammeln, was sie allenfalls einmal als künftige Regenten
wissen und verstehen müßten, besonders im Ackerbau, im
Schiffs= und Häuserbau, im Feldmessen und in der Schiffs=
kunde. Die einzige Tochter Letty (oder eigentlich Lätitia)
aber sollte außer einer gediegenen weiblichen Bildung sich
auch rechte Geschicklichkeit und Gewandtheit im Hauswesen
aneignen. Vor allem aber sollten die Kinder zur Frömmig=
keit und Gottesfurcht, zu unparteiischer Gerechtigkeit, zu
aufrichtiger Wahrhaftigkeit erzogen werden, und mit aller
Kraft selbst diesen Tugenden nachstreben. „Lasset eure
Herzen rechtschaffen sein vor dem Herrn und vertrauet

ihm trotz aller Anschläge der Menschen," so schloß er, „dann wird euch niemand schaden oder euch überwältigen können."

Es ging schon gegen den Herbst des Jahres 1682, als das Schiff, welches Penn über das Weltmeer tragen sollte, sich zum Auslaufen rüstete. Es war der „Wel= come," ein stattlicher Segler von 300 Tonnen Tragkraft, wie nicht viele seines Gleichen das atlantische Meer be= fuhren.

Und es beburfte ja eines so großen Fahrzeuges. Denn mehr als hundert Auswanderer, meistens aus den wohl= habenderen Ständen, wollten zugleich mit dem Herrn der neuen Provinz die Überfahrt machen. Welchen Raum nahmen da nicht schon allein die Lebensmittel ein, die sich jeder Auswanderer für die ganze Dauer der Reise, also möglichen Falls für 12 bis 14 Wochen mitnehmen mußte! Und wie viele waren an ein reiches, üppiges Leben gewöhnt, und hatten danach ihre Vorräte gewiß nicht zu knapp bemessen! Und nun das zahllose andere Gepäck aller Art, was solch ein Menschenhaufe mit sich führt, wenn auch wol Penn der Einzige war, der die ganze innere Einrichtung eines Hauses, sogar Fenster und Thüren zu einem solchen, mit sich nehmen konnte, ebenso wie auch seine Pferde!

Der ganze Schiffsraum, selbst, soweit es eben anging, das Verbeck, war mit Kisten und Kasten vollgestaut, als endlich am 1. September der „Welcome" segelfertig war. Kaum war Penn nach einem rührenden Abschiede von den Seinigen an Bord gekommen, da hoben sich die Anker, und von tausend und aber tausend Segenswünschen be= gleitet, segelte das stolze Schiff von Deal ab. Es war freilich schon spät in der Jahreszeit, und man mußte sich auf eine gefahrvolle, traurige Winterreise gefaßt machen, wenn die Fahrt außergewöhnlich lange dauern sollte. Aber der überaus günstige Wind, der die Segel schwellte, verhieß vorläufig eine schnelle, glückliche Überfahrt und drängte die bangen Besorgnisse in den Hintergrund der Herzen.

Aber, aber! Bald zeigte es sich, daß unbemerkt ein böser Gast mit an Bord gekommen war, nämlich die Blattern, eine der schlimmsten Krankheiten, die in einem gedrängt vollen Schiffe ausbrechen können, weil es da unmöglich ist, die Kranken abzusondern und so die Ansteckung zu verhüten. Anfangs traten die bösen Gäste nur sehr milde und gelinde auf, sobaß man nicht glaubte an eine Umkehr des Schiffes denken zu müssen. Aber allmählig wurden sie bösartiger und bösartiger und wüteten dergestalt, daß während dreier Wochen fast täglich ein Todesfall eintrat und mehr als die Hälfte der Eingeschifften hingerafft wurde, da ärztliche Hilfe fehlte. Wol bot Penn seinerseits alles, was in seinen Kräften stand, auf, den Leidenden beizustehen; er pflegte sie selber, stellte ihnen alle seine Vorräte zur Verfügung, tröstete sie aus Gottes Wort und suchte die bange Furcht, die ja die schlimmste Verbreiterin ansteckender Krankheiten ist, in ein fröhliches Gottvertrauen umzuwandeln; aber alles wollte nicht helfen. Der Tod suchte und fand Tag für Tag seine Opfer.

Wer sich diese traurige Lage der armen Auswanderer recht vorstellt, der wird auch begreifen können, mit welchem Jubel und· Entzücken endlich nach einer neunwöchentlichen Schreckensfahrt von den Übergebliebenen die Küsten Amerikas begrüßt wurden.

VIII.

Es war am 27. October, als der „Welcome" vor New=Castle, einem Dörfchen auf dem vom Herzoge von York an Penn abgetretenen Landstriche, die Anker fallen ließ.

Kaum hatte sich die Kunde verbreitet, daß das ange=kommene Schiff den längst erwarteten Landesherrn an Bord habe, als auch Alt und Jung ohne Unterschied der Nation herzuströmte, denselben zu begrüßen. Da stand neben dem Engländer, Schotten und Iren hier der be=dächtige Deutsche, da der schwerfällige Holländer, dort der hellaugige blondharige Schwede, alle gekommen, den Mann von Angesicht zu Angesicht zu sehen, in dessen Hände mehr oder weniger die Gestaltung ihrer Zukunft gelegt war. Auch die Kinder der Wildnis fehlten nicht ganz, die roten Männer in ihrer eigentümlichen Tracht, die hohen, befransten Ledergamaschen an den Beinen, die Adler= oder Reiherfedern an der Stirnbinde, den weit=tragenden Bogen in der Hand, den Köcher mit den be=fiederten Pfeilen um die Schultern. Und wer mochte sagen, welche Augen am schärfsten nach dem Boote blickten, das jetzt, mit der großen englischen Flagge geschmückt, dem Lande zueilte, ob die der weißen Männer, die schon genug von dem Ankommenden wußten, um gewiß zu sein, was sie von ihm zu erwarten hatten, oder ob die der Rothäute, die wol nach ihrer gewohnten Art äußerlich die gleichgül=tigste Miene zur Schau trugen, aber doch innerlich von Begierde brennen mußten, den Mann zu sehen,· in dessen Namen und Auftrag sie eine so ganz andere Behandlung erfahren hatten und erfuhren, als sie ihnen je zuvor von weißen Männern widerfahren war!

Es mußte aber nur Gutes sein, was alle aus den

eblen Zügen, der würdevollen Haltung, den mild ernsten
Blicken des stattlichen, in voller Blüte der Kraft stehenden
Mannes herauslasen, der jetzt dem Boote entstieg, von
seinen Begleitern nur durch eine breite blaue Schärpe
unterschieden, welche er umgelegt hatte. Denn kaum hatte
Penn den Landungsplatz betreten und die erste Begrüßung
seines Vetters und Stellvertreters Markham empfangen,
als sich von allen Seiten ein stürmischer Jubelruf erhob,
der sich brausend durch die ganze Menge der Erschienenen
fortsetzte. Tief gerührt · grüßte Penn nach allen Seiten
hin, und wer in seine feucht schimmernden Augen blicken
konnte, mochte darin den festen Vorsatz lesen, das Ver=
trauen, welches ihm so jubelnd entgegengebracht wurde,
sich in vollstem Maße zu verdienen.

Sogleich am anderen Tage, nachdem er sich von den
Strapazen der langen, angstvollen Seereise etwas erholt
hatte, berief er eine Volksversammlung in das holländische
Gerichtshaus, in welcher zunächst die gesetzlichen Förmlich=
keiten wegen Besitzergreifung des Landes vorgenommen
und die betreffenden Urkunden vorgelesen wurden. Hier=
auf überreichte der Bevollmächtigte des Herzogs von York
im Namen seines Herrn eine Flasche Wassers und ein
Körbchen mit Erde an Penn, um damit sinnbildlich zu
bezeugen, daß der abgetretene Landstrich nun thatsächlich
an Penn übergegangen sei. Als dies geschehen war, er=
hob sich der neue Besitzer und redete die Versammlung,
die in lautloser Stille seine Worte erwartete, mit seiner
mächtigen, klangvollen Stimme an.

Er sprach davon, wie er von Jugend auf den großen
Gedanken in sich herumgetragen habe, einen freien Staat
zu gründen, in welchem volle Gewissensfreiheit herrschen,
in welchem christliche Tugend blühen, in welchem das Volk

sich selber regieren solle. Er legte die Grundsätze dar, nach denen er die Verfassung für Pennsylvanien entworfen habe und versprach, daß dieselben Grundsätze auch bei der Verwaltung dieses, ihm eben übergebenen Landstriches befolgt werden sollten. Er selbst, versicherte er, wolle nur vorläufig, bis die neue Verfassung ganz in Kraft getreten sei, die oberste Gewalt zum allgemeinen Besten ausüben und dieses nach bestem Wissen und Gewissen zu fördern sich bemühen. Schließlich bestätigte er die schon vorhandenen Beamten in ihren Stellungen zum Beweise, daß er niemand beeinträchtigen und in allen Stücken Recht und Gerechtigkeit üben wolle.

Als er ausgeredet, erhob sich wiederum ein stürmischer Jubel der Versammelten, und von überall her wurde die Bitte an ihn gerichtet, er möge persönlich den neuen Land=strich regieren und denselben ganz mit Pennsylvanien ver=einigen. Penn versprach, dies in Erwägung zu ziehen, und die Versammlung, welche er demnächst in Upland zusammenberufen wolle, darüber entscheiden zu lassen.

Dieses Upland oder Optland war ein Dorf, welches die Schweden am Delaware gegründet hatten, und bis jetzt der bedeutendste Ort in der ganzen Provinz Penn=sylvanien. Dorthin schiffte sich Penn ein, und wie schwoll ihm das Herz vor Entzücken, als er den Delaware hin=aufschwamm und dessen herrliche Ufer erblickte, die ihn hinter jeder Krümmung des Flusses neue Naturschönheiten schauen ließen! Endlich war Upland erreicht, und Penn betrat hier an einer Stelle, die man noch heute kennt, und die durch eine einzeln stehende Pinie bezeichnet ist, sein eigentliches Gebiet, sein Pennsylvanien. Auch hier begrüßte ihn allgemeiner Jubel von Seiten derer, die ihm aus England vorausgezogen waren und die, wie

umſichtig auch Markham für ſie zu ſorgen bemüht geweſen
war, doch von Penn ſelbſt erſt ein entſchiedenes Beſſer=
werden ihrer Lage erwarteten. Denn es war ihnen bis=
her übel genug ergangen. Von den hier bereits angeſie=
belten Schweden waren ſie zwar freundlich aufgenommen
worden und hatten mancherlei Hülfeleiſtungen von ihnen
erfahren; aber die Gaſtlichkeit derſelben war nicht im
Stande, ihnen allen Obbach zu gewähren. Nun hatten
wol Einzelne, denen ihre Vermögensumſtände bies er=
laubten, ſich ſchon aus der Heimat zugerichtetes Gebälk
mit herübergebracht, um ſogleich ein kleines Häuschen er=
richten zu können; die Meiſten aber mußten ſich mit Zelten
begnügen oder mit Hütten, bie aus Baumzweigen und
Lehm errichtet waren, und bie beide gegen bie üble Witterung
der Wintermonate nur ſehr notdürftigen Schutz geboten
hatten. Ja nicht wenige hatten ſich Erbhöhlen zu Nutze
gemacht, bie einſt von Indianern in die hohen Ufer bes
Delaware eingegraben und als Wohnungen benutzt worden
waren, ober ſich auch ſelber ſolche Höhlen hergeſtellt, weil
ſie immerhin einen beſſeren Schutz gegen die Kälte ge=
währten, als die luftigen Hütten aus Baumzweigen ober
gar die bloßen Zelte. Das erſte Kind von bieſen eng=
liſchen Anſieblern, welches in Pennſylvanien geboren wurde,
that in einer ſolchen Erbhöhle die Augen auf. Es hieß
John Key und erhielt von Penn, der von jener Geburt
hörte, als Wiegen=Angebinde einen Bauplatz auf der Stelle,
welche ſich Penn zur Anlage einer größeren Stadt auserſah.

Und beren Anlage mußte ja Penns erſte Sorge ſein,
wenn nicht die neuen Anſiebler, die mit ihm ober un=
mittelbar vor ihm herübergekommen waren, ſich auch zer=
ſtreuen und beliebig einen Wohnplatz ſuchen ſollten, wie
es bie ſchon früher Gekommenen, zum größten Teile ganz

planlos, gethan hatten. Markham schlug vor die Stätte, wo Upland, oder wie es Penn jetzt nannte: Chester, lag, für die Anlage der neuen Stadt zu wählen. Aber Penns Umsicht ließ ihn eine bessere Wahl treffen, und der geschickte Feldmesser Thomas Holme, den er aus England vorausgeschickt, und der sich bereits eine genauere Kenntniß des Landes angeeignet hatte, war dabei ganz auf seiner Seite.

Die Wahl fiel auf die Stelle, wo der Schuylkill, ein kleiner, für Schiffe von nicht allzu großem Tiefgange fahrbarer Fluß in den mächtigen Delawarestrom einmündet. Die hohen Ufer, welche hier beide Flüsse hatten, sicherten der neuen Stadt eine gesunde Lage, und für eine zukünftige Handelsstadt konnte kaum ein günstigerer Platz gefunden werden. Außerdem waren, wie Holme erkundet hatte, in der Nähe unerschöpfliche Steingruben zu eröffnen, welche die besten Bausteine lieferten und so ein rasches Entstehen von Häusern ermöglichten.

Penn kaufte nun diesen Platz den drei Schweden ab, welchen er gehörte und entwarf mit Thomas Holme sogleich einen festen großartigen Plan, nach welchem die neue Stadt angelegt werden sollte. „Philadelphia,“ zu deutsch: „Bruderliebe“ sollte ihr Name sein. Denn Penn wollte schon durch diesen Namen andeuten, welches der Grund sein solle, auf dem hier alles ruhe, und dadurch alle zur Ansiedelung herbeilocken, welche bisher besonders in religiöser Hinsicht das Gegenteil von Bruderliebe erfahren hatten. Ehe noch ein einziger der Bäume gefällt war, die den Platz bedeckten: ehe noch der erste Stein zu einem Hause gelegt war: stand die ganze Stadt schon in Penns Geiste fertig da, und der unternehmende thatkräftige Holme steckte sofort die Straßen und öffentlichen

Plätze ab, welche dieselbe erhalten sollte. Ein Gebiet
von etwa 2 Quadratmeilen wurde dazu in Aussicht ge=
nommen, sodaß die Straßen breit, die öffentlichen Plätze
weit genug gegriffen werden konnten, um den zukünftigen
Bewohnern überall gute, gesunde Luft zu bieten. Die
einzelnen Bauplätze wurden ebenfalls in solcher Ausdeh=
nung abgesteckt, daß jedes Haus mit Gartenanlagen um=
geben werden könnte, und so die Stadt, wie sich Penn
ausdrückte, das Aussehen einer „grünen Landstadt" ge=
wönne.

Nun säumte aber Penn nicht länger, eine große Volks=
versammlung zu berufen, zu welcher auch die Ansiedler
längs der Delaware=Bai, die ja in den Verband des
Penn'schen Staatswesens aufgenommen sein wollten, ihre
Vertreter schickten. Wir bemerken sogleich, daß ihnen dieser
Wunsch erfüllt wurde, und die Versammlung die Vereinig=
ung beider Gebietsteile beschloß.

Im Übrigen wurde von diesem ersten Parlamente die
von Penn entworfene Verfassung ziemlich unverändert an=
genommen, und den 40 Ausführungsgesetzen, welche Penn
schon dazu aufgestellt hatte, noch 21 weitere zugesetzt, wie
sie die besonderen Verhältnisse des neuen Staates er=
forderlich machten. In 3 Tagen war die ganze gesetz=
geberische Arbeit gethan, ein Zeugnis dafür, welche Ueber=
einstimmung der Ansichten in den Hauptsachen unter denen
herrschte, die von dem nämlichen Wunsche hergetrieben
worden waren, von dem Wunsche, eine Freistätte zu finden,
wo sie ungehindert ihres Glaubens leben könnten. Wo
ihnen dieses möglich gemacht war, fügten sie sich gerne
in Gesetze und Ordnungen, die ihnen vielleicht nicht ganz
nach ihrem Sinne waren, wie es ja unter Leuten so ver=
schiedener Nationen und Sitten kaum anders sein konnte.

Nachdem Penn nun noch den Statthaltern der benach=
barten Provinzen von Neu=York, Maryland und Neu=
Jersey seinen Besuch abgestattet hatte, ohne jedoch auch
durch persönliches Verhandeln mit Lord Baltimore die
leidige Grenzfrage zu einem erwünschten Ende führen zu
können, kehrte er an die Stelle zurück, wo sein Philadel=
phia erstehen sollte. Denn dort gab es für ihn Arbeit
in Hülle und Fülle.

Nach Penns Abreise aus England hatten sich nämlich
Hunderte, die bisher noch unentschlossen gewesen waren,
sofort entschlossen, ihm zu folgen. Seitdem das Frühjahr
1683 seinen Einzug gehalten, waren 23 Schiffe mit Aus=
wanderern den Delaware heraufgekommen. Diesen neuen
Ankömmlingen galt es jetzt für Wohnplätze zu sorgen,
damit sie sofort ihre Ansiedelung während der guten Jahres=
zeit betreiben könnten. Das konnte aber jetzt um so leichter
geschehen, da der unermüdliche Feldmesser Holme schon
fast das ganze Gebiet bereist und in einzelne Grafschaften
abgeteilt hatte.

Die Ländereien wurden von Penn einer Versteigerung
ausgesetzt, damit jeder nach Belieben seinen Wohnplatz
wählen könne. Die Preise waren fast lächerlich niedrig.
Der Morgen wurde im Durchschnitte zu 3 Pence (nach
deutschem Gelde etwa 24 Reichspfennige) ausgeschlagen,
außerdem aber von je 100 Morgen noch 1 Schilling
(etwa 1 Mark) Erbzins erhoben, welcher für Penn ge=
wissermaßen ein Staatseinkommen bilden sollte. Wie
wenig er dabei an eine Bereicherung seiner selbst und
seiner Familie dachte, muß jedem einleuchten, der nicht
vergißt, daß Penn sein Land, welches er bereits der eng=
lischen Krone, wenn auch mit einem verhältnismäßig sehr
geringen Preise bezahlt hatte, noch einmal auch von den

Indianern erkaufte, deren Eigentumsrechte ihm weit be=
gründeter erschienen als die der englischen Regierung. Für
die dabei ausgelegte Summe war jener Erbzins von 1
Schilling für jedes Hundert Morgen ein sehr ungenügen=
der Ersatz. Daß Penn für sich und seine Kinder später
noch ansehnliche Landgüter zurückbehielt, wird ihm unter
solchen Verhältnissen niemand verdenken können, ebenso=
wenig, daß er auch, wie wir später hören werden, in
gleicher Weise seinen Vormund, den Herzog von York und
seinen Freund und Mitarbeiter George Fox bedachte.

Es begann nun unter den Eingewanderten ein rühriges
Leben, besonders an der Stätte, wo Philadelphia entstehen
sollte. Die zugeteilten Bauplätze wurden von Bäumen
geklärt, und alles, was Hände hatte, war, wie in einem
Ameisenhaufen, geschäftig, um bald ein Obdach zu be=
kommen, welches gegen die Unbilden der Witterung besser
schützte, als die an der Arbeitsstätte aufgeschlagenen luf=
tigen Zelte oder Reiserhütten. Selbst zarte Frauen, die
daheim wol kaum jemals eine schwerere Arbeit verrichtet
hatten, halfen nach Kräften. Sie zogen mit ihren Vätern
oder Männern auf's Feld, trugen Holz und Wasser, kochten
mit eigenen Händen oder hüteten wenigstens das mitge=
brachte Vieh. Ja sogar zum Holzsägen und Mörteltragen
gaben sie die zarten, solcher Arbeit gewiß nicht gewöhnten
Hände her. Wollte der Mut einmal sinken oder die Kraft
erlahmen, so wurde frisch eines der heimischen Glaubens=
lieder angestimmt und Herz und Hände wieder gestärkt
durch die Erinnerung an das hohe, unschätzbare Gut der
Glaubensfreiheit, zu dessen Erringung all die schwere
Arbeit ja gethan wurde.

Das erste vollendete Gebäude, ein Blockhaus von 12
Fuß Länge und 22 Fuß Breite, wurde „der blaue Anker"

genannt und mußte den verschiedenartigsten Zwecken dienen.
Es wurde als allgemeines Geschäftslokal benutzt, und war
zugleich, da es ganz nahe am Delaware lag, der Landungs=
platz für die Schiffe sowie ein Wirtshaus. Später wurde
es auch als Posthaus benutzt. Denn Penn erkannte es
sehr bald als ein unabweisbares Bedürfnis für die An=
siedler, welche mehr nach Westen gezogen waren und sich
oft in weiten Entfernungen von einander mitten in der
Wildnis festgesetzt hatten, eine regelmäßige Verbindung
mit Philadelphia herzustellen. Er errichtete zunächst einen
Postbotendienst, durch welchen wöchentlich einmal die fernen
Ansiedler Nachricht von sich geben und Nachrichten erhalten
konnten, und traf dann weiter auch eine Einrichtung, durch
welche Reisende auf Verlangen mit Pferden versehen wurden.
Sehr viel mochte die Post freilich anfangs nicht benutzt
werden; denn das Porto stellte sich sehr hoch. Von den
Fällen bei Trenton an bis Philadelphia kostete beispiels=
weise die Besorgung eines Briefes 3 Pence (etwa 25
Reichspfennige) und ein Brief nach Baltimore im Staate
Maryland kostete sogar 9 Pence.

Der „blaue Anker" bekam aber bald weitere Gefährten.
Schon nach Verlauf weniger Monate standen gegen 80
Häuser fertig, und es entwickelte sich nun allmählig ein
regelmäßiger Verkehr. Kaufleute richteten Läden ein, welche
von den fort und fort ankommenden Schiffen mit eng=
lischen Waren versehen wurden; Handwerker eröffneten
ihre Werkstätten, um gegen Bezahlung zu liefern, was
sich bis jetzt jeder einzelne, so gut oder so schlecht es
gehen mochte, selber hatte anfertigen müssen; die Acker=
bauer zogen mit dem Pfluge zu Felde, wo derselbe nur
irgend zwischen den Baumstümpfen gebraucht werden konnte
und nicht durch das beschwerlichere Behacken des Bodens

erſetzt werden mußte, und gewannen dem jungfräulichen
Boden reichliche Ernten ab, ſobaß man das Getreide bald
nicht mehr aus der Ferne zu beziehen brauchte.

Sah man freilich in die Gebäude hinein, ſo war dem
rauhen, rohen Äußeren auch die innere Einrichtung ent=
ſprechend. Hatte es der Anſiedler nur erſt einmal ſo
weit gebracht, unter ein ſicheres Dach einziehen zu können,
ſo begnügte er ſich gerne mit dem notdürftigſten Hausge=
räte, auch wenn er von Hauſe aus verfeinerte Lebensge=
wohnheiten und geſteigerte Anſprüche an Bequemlichkeit
und Zierlichkeit der Einrichtung mitgebracht hatte. Wie
hätten auch koſtbare Möbel gepaßt zu den rohen, kaum
entrindeten Baumſtämmen, welche die Wände bildeten, zu
dem Überzuge von Lehm und Moos, der die Tapeten er=
ſetzen mußte, zu dem Fußboden, der anſtatt der Diele
die feſtgeſtampfte mütterliche Erde aufwies? Ein Tiſch,
ein paar Bänke, ein Bett, alles vielleicht nur mit der
Axt eigenhändig zurechtgehauen und ohne Spur von Säge
oder Hobel, ſowie das unentbehrlichſte Küchengeräte ge=
nügte vollſtändig für die Fleißigen, die das ſchützende
Obdach des Hauſes nur ſuchten, wenn die Nacht oder
grimmiges Unwetter die Arbeit braußen unmöglich machten
und der ſcharfen Axt, die erſt das Land von Bäumen
und Geſtrüpp klären, ſowie dem Pfluge, der das geklärte
Land beſtellen mußte, Ruhe geboten.

Erſt da, als man anfing, die urſprünglichen Block=
häuſer durch ſteinerne Gebäude zu erſetzen und bei dieſen
ſchon, ſoviel es gehen wollte, den Rückſichten der Bequem=
lichkeit und äußeren Zierlichkeit Rechnung trug, widmete
man auch der inneren Einrichtung der Häuſer größere
Sorgfalt, zumal da man jetzt die Dienſte geübter Hand=
werker erlangen konnte. Und dieſe Verbeſſerung trat ja

ziemlich schnell ein. Es war noch kein Jahr verflossen, seit Penn in New=Castle das Land betreten hatte, da standen in Philadelphia schon über 100 steinerne Häuser längs der abgesteckten Straßen, und zwei Jahre später war deren Zahl bereits auf 600 gestiegen. Penn konnte ohne alle Eitelkeit und Selbstüberhebung an seine eng= lischen Freunde schreiben, „er habe mit Gottes Hülfe eine größere Colonie nach Amerika geführt, als je irgend jemand auf seinen Privatcredit hin gethan habe." Und wenn er weiter nach England schrieb: „Mit Gottes Hülfe sowie mit der meiner edlen Freunde will ich in 7 Jahren eine Provinz zeigen, welche der 40jährigen meines Nach= barn gleichen soll," so ließ er seinerseits wenigstens nichts ungethan, dies triumphirende Wort zur Wahrheit zu machen.

Vor allen Dingen suchte er für den Unterricht der Jugend zu sorgen, damit nicht durch völligen Mangel desselben bei den Kindern der Ansiedler ein Zustand der Unwissenheit und Rohheit eintrete, der am wenigsten in einem Lande aufkommen durfte, dessen Bevölkerung sich selbst regieren sollte. Es war dies freilich für Penn kein leichtes Stück Arbeit.

Denn die Ansiedler bedurften bei ihrer harten schweren Aufgabe, der Wildnis Wohnplatz und Ackerfeld zu ent= reißen, notwendig auch der Dienstleistungen ihrer Kinder, wenn dieselben nur erst über das erste Kindesalter hin= ausgewachsen waren. So wenig sie selbst im Stande waren, nachdem sie den Tag in harter schwerer Arbeit hingebracht hatten, sich am Abende mit dem Unterrichten ihrer Kinder abzugeben, falls sie dies auch dem Stande ihrer eigenen Bildung nach gekonnt hätten, sowenig konnten sie auch ihren Kindern die Zeit gönnen, eine Schule zu besuchen. Überdies konnte an einen regelmäßigen Schul=

unterricht überhaupt nur für die Kinder der in Philadelphia selbst angesiedelten Eltern gedacht werden. Denn für die Kinder derjenigen Eltern, die viele Meilen, ja wol gar Tagereisen weit nach Westen gezogen waren, dort ihre Heimstätte zu gründen, blieb ja gar keine Möglichkeit, in der pfadlosen Wildnis weite Schulwege zu machen, wenn auch wirklich in erreichbarer Nähe eine Schule gegründet worden wäre.

Nichts desto weniger that Penn, was eben zu thun möglich war. Noch ehe die Stätte für Philadelphia ganz von Bäumen geklärt war, ließ er durch einen gewissen Enoch Flower schon im Dezember 1683 eine Schule er= öffnen, und zwar in einer armseligen Bretterhütte, die in zwei Räume geteilt war. Der Unterricht beschränkte sich jedoch nur auf Lesen und Schreiben und mußten für das Erlernen des Lesens vierteljährig 4, für das Erlernen des Schreibens vierteljährig 6 Schillinge als Schulgeld ent= richtet werden. Es war aber auch für die Kinder ent= fernt wohnender Eltern dadurch einigermaßen gesorgt, daß dieselben gegen ein jährliches Kostgeld von 10 Pfund Sterling (also etwa 200 Mark) außer dem Unterrichte auch Wohnung und Beköstigung erhalten konnten. Diese unvollkommene Schule wurde indessen schon nach 6 Jahren durch eine bedeutend verbesserte und erweiterte ersetzt, an welcher Penns Freund, George Keith, die Hauptlehrerstelle übernahm.

Durch einen gewissen William Bradford, der mit Penn aus England herübergekommen war, wurde auch schon sehr frühe eine Druckerei in Philadelphia eingerichtet, deren erstes größeres Erzeugnis ein Kalender für das Jahr 1687 war.

Ein ganz besonderer Gegenstand von Penns Sorgen

und Bemühungen war die Befestigung des friedlichen und freundlichen Verhältnisses zu den Eingeborenen, für welches durch Oberst Markham schon ein so guter Grund gelegt war. Penn ließ es sich auch persönlich angelegen sein, das Vertrauen und die gute Meinung der Eingeborenen zu gewinnen, und verkehrte deshalb viel mit ihnen, wo er sie nur traf. Mit vollem rückhaltlosem Vertrauen begab er sich völlig unbewaffnet in ihre Mitte, durchstreifte allein mit ihnen die Wälder, nahm an ihren Mahlzeiten Teil, schloß sich ihren Festlichkeiten an und beteiligte sich sogar gelegentlich an den Leibesübungen und Spielen, welche ihre jungen Männer anstellten, und bei welchen er sich diesen hier und da sogar an Gewandtheit überlegen zeigte.

Auf diese Weise gewann er sich nicht nur das volle Vertrauen der Indianer, sondern erlernte auch ihre Sprache und machte sich mit ihren Lebensgewohnheiten, sowie mit ihrer ganzen Anschauungsweise so vertraut, daß es ihm ein leichtes wurde, mit ihnen zu verkehren, als wenn er einer der Ihrigen wäre.

Es mußte jedoch Penn darum zu thun sein, wo möglich mit allen Indianern, die sein weites Gebiet durchstreiften, und dasselbe als ihre rechtmäßigen Jagdgründe betrachteten, in ein dauerndes Friedens= und Freundschafts= verhältnis zu kommen, nicht blos mit den zunächst Woh= nenden. Denn je weiter es in die Wildnis hineinging, je ferner ab vom Delaware, desto mehr wuchs für die vereinzelt dorthin ziehenden Ansiedler die Gefahr, von den Indianern als unberechtigte Eindringlinge feindselig be= handelt zu werden, wenn sie nicht durch feierlich abge= schlossene Verträge geschützt waren. Er faßte deshalb den Entschluß, alle Indianer seines Gebietes zu einer großen

Verfammlung einzuladen, bei der diefe Verträge zu Stande
kommen follten.

IX.

Als Ort, wo diefe Verfammlung ftattfinden follte,
wurde von Penn die Stätte gewählt, die feit unbenklichen
Zeiten von den eingeborenen Stämmen benutzt worden
war, wenn es galt, eine große allgemeine Beratung ab=
zuhalten.

Sie führte den Namen „Sakimaxing" (jetzt Shaka=
maxon), was foviel bedeutet als: „Ort der Könige," und
lag an dem Ufer des Delaware, da, wo Philadelphia ent=
ftehen follte und bereits im Entftehen war. Eine riefige
Ulme, die fchon mehr als anderthalb Jahrhunderte ge=
fehen haben mochte, befchattete mit ihren weitverzweigten Äften
die fchöne Stelle, von wo aus der Blick weit über den
prächtigen Strom hinüber auf die dunkeln Wälder Neu=
Jerfeys drang. Lange ehe ein Blaßgeficht ihr Gebiet be=
treten hatte, waren, wie fchon gefagt, die Stämme der
Indianer hier zufammengekommen, ihre Beratungen zu
halten, ihr Streitigkeiten zu fchlichten und nach gewohnter
Sitte die Friedenspfeife zu rauchen, und auch Oberft Mark=
ham hatte hier die erften Verhandlungen mit den Indianern
geführt.

Willig folgten die Geladenen dem Rufe des „großen
Onas," wie fie Penn nannten, der es bis jetzt fo gut
verftanden hatte, ihre Herzen zu gewinnen, und den auch
die entfernter wohnenden Stämme, die ihn bis jetzt noch
nicht perfönlich gefehen hatten, um fo lieber kennen lernen
wollten, weil fein auch bis zu ihnen gedrungener Ruf fo
ganz und gar abwich von dem Rufe, den fich die Blaß=

gefichter im allgemeinen bisher unter ihnen erworben hatten. In ganzen Schaaren kamen sie herbei in ihrer malerischen Tracht: ein Fell oder ein Stück selbstverfertigten Zeuges um die nackten mit den wunderlichsten Zeichnungen geritzten und mit den grellsten Farben bemalten Oberkörper geworfen, die Füße bekleidet mit den „Moccassins," den aus Fellen gefertigten, einen leisen unhörbaren Tritt gestattenden Schuhen, das Haupt geschmückt mit einer buntfarbigen Federkrone, und was das wichtigste war: sie hatten die berühmtesten, hervorragendsten Häuptlinge, besonders den weisen Tamenund in ihrer Mitte.

Penn, der jetzt in voller Manneskraft stand, hatte sich zum Empfange seiner indischen Freunde nach europäischer Art würdig geschmückt. Der lange, reich mit Knöpfen besetzte Rock, aus dessen Ärmeln eine Fülle von Spitzen auf die Hände fiel und dieselben umbauschte, schmiegte sich gefällig um den kräftigen, wohlgebauten Körper und fiel herab auf ein Paar sehr weiter, an den Seiten geschlitzter und aufgepuffter Beinkleider. Das Haupt deckte nach damaliger Sitte eine lange, lockige Perücke, auf welche ein einfacher Filzhut gedrückt war. So stand er ernst und würdevoll da, wie es die indianische Sitte von einem großen Häuptlinge erforderte, umgeben von einigen seiner nächsten Freunde, unter denen natürlich der den meisten Indianern schon bekannte Oberst Markham nicht fehlte. Er schaute zwar gleichgültig d'rein, wie es die Indianer auch bei der größten inneren Erregung zu thun pflegten, weil sie, Neugierde zu verraten, für unmännlich hielten; aber ein unverkennbares Wohlwollen leuchtete aus den dunkeln Augen und mußte gewinnend auf die einfachen Kinder des Waldes wirken.

Nachdem die Friedenspfeife, aus welcher Penn und

seine Gefährten, sowie die Häuptlinge der Indianer jeder
ein par kurze Züge thaten, ihren Umgang gehalten hatte,
erhob sich der weise Tamenund und setzte einen Kranz auf
sein Haupt, in dem ein kleines Horn befestigt war. Das
war das Zeichen, daß nun der Ort selbst wie jeder An=
wesende gewissermaßen geheiligt sei und die Berathungen
beginnen könnten.

Hierauf setzte sich Tamenund wieder nieder, umgeben
von den älteren und berühmteren Häuptlingen der Stämme,
die Krieger traten in weitem Halbkreise hinter die Häupt=
linge, und die Jünglinge, welche noch nicht die Würde
von Kriegern errungen hatten, bildeten dahinter einen
weiteren Halbkreis.

Nun, erklärte Tamenund, seine Kinder seien bereit den
großen Onas zu hören.

Langsam und würdevoll erhob sich nach dieser Auf=
forderung Penn und ließ seine leuchtenden Blicke über die
Versammlung hingleiten, die in lautloser Stille seiner
Worte harrte. In der Mundart der Lenni Lennapee,
welche ihm fast ganz geläufig war, und, so gut er es
vermochte: in der bilderreichen Sprachweise, der Indianer,
hob er dann an zu reden.

Der große Geist, so etwa sprach er, der im Himmel
wohne und dem die weißen wie die roten Menschen ihr
Leben verdankten, zu dem auch die guten Menschen zurück=
kehrten, wenn sie stürben, der kenne sein Herz und wisse,
daß er und seine Kinder aufrichtig wünschten, mit ihren
roten Brüdern in Frieden und Eintracht zu bleiben, ihre
Freunde zu sein und ihnen auf jede Weise und aus allen
Kräften behülflich zu werden. Und das sei ja des großen
Geistes Wille, daß alle Menschen als seine Kinder unter
einander Brüder seien und so mit einander lebten, als

8*

ob sie nur ein Haupt, nur ein Herz, nur einen Körper
hätten, daß sie alle mitlitten, wenn einem ein Leid ange=
than würde, und alle sich mitfreuten, wenn einem Gutes
widerführe. So wollten er und seine Kinder es denn
auch mit ihren roten Brüdern halten; sie gebrauchten nie
eine Flinte oder ein Schwert; sie wollten mit ihren roten
Brüdern nur auf dem Pfade der Treue und der Freund=
schaft wandeln. Sie hofften aber auch von diesen das
Gleiche und wären entschlossen, auf ihre Gerechtigkeit und
auf ihre Freundschaft zu vertrauen.

Nach diesen einleitenden Worten, die von den Indianern
mit wiederholten Zeichen ihres Beifalls begleitet wurden,
las denn Penn den von ihm aufgesetzten Friedens= und
Freundschaftsvertrag vor und erörterte dann die einzelnen
Punkte desselben noch eingehender und genauer: Es war
darin festgestellt, daß zwischen den Blaßgesichtern und ihren
roten Brüdern alle Pfade frei und offen sein, und die
Thüren der einen zu jeder Zeit für die andern unver=
schlossen sein sollten; die Kinder des Onas würden keinen
falschen Gerüchten über ihre roten Brüder die Ohren offen
sein lassen, sowenig wie auch diese jede Verleumdung ihrer
weißen Brüder aufnehmen dürften; sie wollten vielmehr
gegenseitig als Brüder kommen und selber sehen, wie es
stände, und dann jede falsche Rede in die Tiefe begraben
sein lassen, ohne ihrer mehr zu gedenken. Wenn die Blaß=
gesichter etwas erführen, was ihren roten Brüdern schäd=
lich werden könnte, und ebenso wenn diese etwas für die
Blaßgesichter verderbliches erführen, so sollten sie sich wie
treue Freunde gegenseitig davon in Kenntnis setzen und
so jeden Schaden von einander abzuwenden suchen. Sei
Jemand ein wirklicher Schaden zugefügt worden, so solle
derselbige nicht selbst Rache üben, sondern die Sache vor

die Häuptlinge oder den Onas bringen, die dann durch
12 ehrliche Männer ein Urteil fällen würden; das ange=
thane Leid solle aber danach vergessen sein, als sei es nie
geschehen. Auch sollten sich die weißen und roten Brüder
einander treulich helfen wider jeden, der den einen oder
den andern Schaden zufügen wolle. Endlich solle auf beiden
Seiten dieser Freundschaftsbund auch den Kindern mitge=
teilt werden, damit derselbe bewahrt und von jedem Rost
und Flecken rein gehalten werde; solange das Wasser in
Flüssen und Bäche flösse, solange Sonne, Mond und Sterne
am Himmel leuchteten.

Hierauf legte Penn den geschriebenen Vertrag zwischen
sich und den Häuptlingen der Indianer auf den Boden
nieder, und diese zogen sich zu einer kurzen Beratung zurück.
Die Antwort, die Tamenund dann im Namen seiner Ge=
nossen abgab, lautete vollständig zustimmend, und damit
war die Sache abgethan. Kein Eid wurde geschworen,
kein Siegel unter den Vertrag gesetzt; das einfache „Ja“
galt auf beiden Seiten soviel wie Siegel und Eidschwur.

Wenn einer, der wol wußte, wie es in der Christenheit
sooft mit den feierlich beschworenen und besiegelten „ewigen“
Verträgen geht, wie bei ihnen trotz Brief und Siegel und
Eiden die „Ewigkeit“ manchmal nur von so kläglich kurzer
Dauer ist, von diesem Freundschaftsvertrage Penns mit
den Indianern gesagt hat, dies sei der einzige Vertrag,
der nie beschworen und nie gebrochen worden wäre, so
hat er damit in der That die volle Wahrheit gesprochen.

Während die anderen Ansiedler in der neuen Welt
mit den Indianern in beständigem Kriege lagen und von
diesen oft in der gräuelvollsten, blutigsten Weise ermordet
wurden, ist nicht ein einziger Tropfen Quäkerblutes von
den Indianern vergossen worden. Als nach Ablauf von

40 Jahren nach Schließung des Vertrags ein lasterhafter
Weißer einen Indianer ermordete, vergalten dessen Stammes=
genossen damit, daß sie den Mörder vom Tode, der ihm
bevorstand, losbaten.

Penn, der große Onas, lebte im Andenken der Indianer
noch fort, als er schon längst nicht blos von Amerika,
sondern auch aus dem Leben geschieden war, und wer sich
als ein Kind des großen Onas ausweisen konnte, fand
stets bei ihnen Schutz und Gastfreundschaft.

Auch seine Landsleute haben es Penn niemals vergessen,
was er ihnen durch den Vertrag mit den Indianern ge=
nützt hat. Als im Jahre 1810 die große Ulme auf dem
Shakamaxon, unter welcher der Vertrag geschlossen worden
war, und die nach ihren Jahresringen ein Alter von 283
Jahren und den ungeheuren Umfang von 24 Fuß erreicht
hatte, einem heftigen Sturme zum Opfer fiel, wurde ein
Stück Holz von derselben an Penns Nachkommen in Eng=
land geschickt und von diesen in großen Ehren gehalten.
Nachmals wurde an die Stelle, wo die Ulme gestanden
hatte, zur steten Erinnerung an den heilsamen Vertrag,
dem Pennsylvanien ein gutes Stück seines raschen, blühen=
den Gedeihens verdankte, ein einfaches Denkmal von Granit
gesetzt.

Die Verfassung Penns erwies sich bald in einzelnen
Punkten als den thatsächlichen Verhältnissen nicht mehr
entsprechend und wurde einer Umänderung unterworfen,
wobei aber die Grundsätze und Grundzüge desselben un=
verändert beibehalten wurden. Die Regierung des Landes
wurde wesentlich in die Hände des Volkes gelegt, daß
dieselbe durch seine Abgeordneten und den ebenfalls von
ihm gewählten Rat ausübte. Penn selbst begab sich gerne
seiner Herrscherrechte. „Ich beabsichtige," schrieb er einem

Freunde, „mir unb meinen Nachkommen keine Macht zur
Stiftung von Unheil zu hinterlassen, bamit niemals ber
Wille eines einzelnen bas Wohl bes ganzen Lanbes auf=
halte unb hinbere."

Wie sehr man bas zu achten mußte, geht baraus hervor,
baß bas Parlament ben Beschluß faßte, auf gewisse Gegen=
stänbe einen Zoll zu legen, ber Penn zu gute kommen
solle. Penn nahm bies jeboch nicht an, obwol er es mit
gutem Gewissen hätte thun bürfen, ba er nachweislich über
20000 Pfunb Sterling (etwa 400000 Mk.) nach unb nach
bazu verwanbt hatte, um bie Eingeborenen für ihr abge=
treteneß Lanb zu entschäbigen, auf welchem sie obenbrein
noch bas Recht behielten, nach wie vor zu jagen unb zu
fischen.

Am 30. März 1683 wurbe bie neu burchgesehene Ver=
fassung angenommen, von Penn unterschrieben unb bann
ber englischen Regierung zur Genehmigung vorgelegt.

Jetzt besuchte Penn auch einmal bie Stätte, wo sein
Vetter Markham bamit beschäftigt war, ihm ein Haus zu
erbauen, bas sein Familiensitz werben sollte, wenn er sein
Weib unb seine Kinber aus Englanb würbe herübergeholt
haben, unb bas später ben Namen Pennsburg (Penns
Burg) erhielt.

Aber so sehr es ihm anlag, baß bieses Haus seinen
Wünschen entsprechenb gebaut würbe, konnte er sich boch
nicht lange bei bem Baue aufhalten. Die leibige Grenz=
frage zwischen ihm unb Lorb Baltimore rief ihn nach New=
Castle, wo sie zur enblichen Erlebigung zwischen ben beiben
Beteiligten gebracht werben sollte. Allein auch bieses Mal
kam es zu keiner Einigung, sonbern bie Gemüter scheinen
sich eher noch erhitzt zu haben. Denn Lorb Baltimore
reiste balb barauf nach Englanb, um seine Rechte bei bem

Könige zu vertreten, und wollte Penn nicht gegen ihn in
Nachteil kommen und seine eigenen Rechte, die er ohne
Schaden für die ganze Provinz nicht glaubte aufgeben zu
dürfen, nicht ungewahrt lassen, so mußte er sich mit dem
Gedanken vertraut machen, dem Beispiele seines Neben=
buhlers zu folgen, so notwendig auch, wie er sich selbst
sagen mußte, seine Anwesenheit in Pennsylvanien gewesen
wäre.

Er sollte aber wegen der Rückreise nach England nicht
lange im Ungewissen bleiben. Denn es kamen Briefe aus
der Heimat an, welche nicht allein das schwere Erkranken
seiner treuen Guli meldeten, sondern auch noch andere
traurige Nachrichten brachten, die seine Rückreise durchaus
notwendig erscheinen ließen. Es waren nämlich in Eng=
land wieder neue, schwere Verfolgungen gegen alle Dis=
senters und besonders gegen die Quäker ins Werk gesetzt
worden, und die Freunde erbaten auf das Dringendste
die Rückkehr dessen, der schon so oft zu ihren Gunsten
sein Ansehen und seinen Einfluß am königlichen Hofe
geltend gemacht hatte. „Komm herüber und hilf uns!"
so hieß es für Penn. Überdies hatten seine Feinde und
Neider eine Menge der ehrenrührigsten Verleumdungen
gegen ihn in Umlauf gesetzt, die seinen Ruf empfindlich
zu schädigen drohten, wenn er denselben nicht auf das Ent=
schiedenste entgegentrat und sie durch sein persönliches Er=
scheinen niederschlug.

Da blieb ihm denn keine Wahl mehr; er mußte den
atlantischen Ocean zwischen sich und seine Provinz legen
und wenigstens für eine Zeit lang die Stätte verlassen,
wo er über $1\frac{1}{2}$ Jahre lang eine aufreibende zwar, aber
auch eine ihn befriedigende und mit reichem Erfolge ge=
segnete Thätigkeit entfaltet hatte.

Ehe er aber das Schiff bestieg, das ihn nach England tragen sollte, sammelte er noch einmal die Häuptlinge der Indianer um sich, um von ihnen Abschied zu nehmen und ihnen in warmen Worten noch einbringlicher als früher ans Herz zu legen, daß sie den geschlossenen Vertrag mit seinen „Kindern" treulich halten möchten.

Zur Leitung der Regierungsgeschäfte während seiner Abwesenheit bestellte er geeignete Personen, zu denen er das volle Vertrauen hegen durfte, daß sie in seinem Sinne und nach seinen Grundsätzen verfahren würden.

Wie schwer ihm der Abschied wurde, trotzdem daß ihn die Sehnsucht des Herzens an das Krankenlager der geliebten Gattin trieb; wie sehr ihm die Sorge um seine Provinz am Herzen lag, geht daraus hervor, daß er von dem Schiffe aus, das er schon bestiegen hatte, ehe es die Anker lichtete, noch einmal einen Brief an die von ihm erwählten Vertrauensmänner schrieb, die seine Stelle vertreten sollten.

„Nun, da ihr in ein ruhiges Land gekommen seid," schrieb er darin, „erzürnt den Herrn nicht dadurch, daß ihr dasselbe beunruhigt. Lasset die Regierung, die in eure Hände gelegt ist, auf ihm ruhen, dem gedient zu haben, einst die Fürsten der Welt als ihre Ehre schätzen werden."

Sodann schloß er mit dem tief aus dem Herzen geholten Rufe: „Und du, Philadelphia, du jungfräuliche Ansiedelung dieser Provinz, die du schon deinen Namen hattest, ehe du geboren warst, wieviel Liebe, wieviel Sorgfalt, wieviel Dienst, aber auch wieviel Wehen verursachtest du, um dich zu schaffen, zu erhalten und vor solchen zu hüten, welche dich lästern und verunglimpfen! O daß du doch von dem Übel, welches dich überwältigen möchte, verschont bliebest, auf daß du, deinem erbarmungsvollen Gotte

getreu, bis an das Ende im Wandel der Gerechtigkeit be=
wahret bliebest! Meine Seele betet für dich zu Gott, daß
du am Tage der Prüfung bestehen mögest, auf daß deine
Kinder von dem Herrn gesegnet, und dein Volk durch seine
Macht errettet werde."

Diesmal ging die Überfahrt nach England glücklicher
von statten als die Herfahrt, und Penn landete wohlbe=
halten im Juni 1684 an der heimatlichen Küste.

Die schwere Sorge, die er unterwegs um seine kranke
Guli getragen hatte, erwies sich glücklicherweise als eine
unnötige. Er fand die teure Kranke schon wieder in voller
Genesung, und nichts hinderte ihn, sich eines vollen un=
getrübten Familienglücks zu erfreuen.

Schon nach wenigen Tagen ließ es ihm aber daheim
keine Ruhe mehr. Er eilte an den königlichen Hof, um
sich dem Könige und dem Herzoge von York, seinem alten
Gönner, vorzustellen und in der Sache wegen der Grenz=
streitigkeiten mit Lord Baltimore nichts zu versäumen. Er
fand bei beiden die freundlichste Aufnahme und die Zu=
sicherung, daß der Grenzstreit mit voller Gerechtigkeit ge=
schlichtet werden würde. Da der König bald darauf er=
krankte, zog es sich jedoch damit in die Länge, und Lord
Baltimore hielt es unter diesen Umständen für das Beste,
sich einstweilen in den thatsächlichen Besitz des streitigen
Landstriches zu setzen. Er sandte deshalb Befehl nach
Amerika, denselben mit bewaffneter Hand zu besetzen und
alle Ansiedler zu vertreiben, die sein Recht nicht anerkennen
oder verweigern würden, die auferlegten Abgaben zu be=
zahlen. Nur die Drohung der pennsylvanischen Regierung
mit einer sofortigen Klage bei dem Könige hinderte die
völlige Ausführung dieses Befehls. Aber eben dieser Wider=
stand von Seiten der pennsylvanischen Regierung hatte

zur Folge, daß zu den vielen anderen falschen Beschuldig=
ungen, die man schon auf Penn gehäuft hatte, von seinen
Feinden auch noch die hinzugethan wurde, der Friedens=
prediger habe drüben in Amerika einen Bürgerkrieg ent=
zündet.

Am 6. Februar 1685 starb König Karl II. und die
Regierung fiel nun an seinen Bruder, den Herzog von
York, der als Jakob II. den Thron bestieg.

Jetzt schien für Penn die rechte Zeit gekommen, der
Religions= und Gewissensfreiheit, welchen er drüben jen=
seits des Weltmeeres bereits eine Heimstätte gegründet
hatte, auch hier in der englischen Heimat freie Bahn zu
machen, wo er schon so manches schwere persönliche Opfer
für dieselbe gebracht hatte. Denn der neue König, ob=
wol für seine eigene Person strenger Katholik, war doch
von jeher gegen die Bedrückungen gewesen, womit unter
seinem Bruder alle verfolgt worden waren, die sich als
Gegner und Verächter der bischöflichen Staatskirche er=
wiesen, und Penn glaubte mit Sicherheit annehmen zu
dürfen, daß er dieselbe Ansicht auch jetzt auf dem Thron
festhalten werde.

So war es denn auch. Auf eine Bittschrift hin, die
Penn sogleich dem neuen Könige einreichte befahl dieser
nicht nur den Richtern, alle Verfolgungen wegen religiöser
Ansichten einzustellen, sondern er entleerte auch die Ge=
fängnisse von allen denjenigen, die aus religiösen Gründen
eingekerkert waren. Es waren allein gegen 1200 Quäker,
die so ihre Freiheit wieder erhielten.

Aber, daß dies nur in Folge des königlichen Rechtes
der Begnadigung geschehen war, genügte Penn keineswegs.
Er wollte vielmehr dahin wirken und setzte sich das zum
Ziele, daß auch durch ein ausdrückliches Gesetz vollkommene

Gewiſſensfreiheit für alle Engländer gewährleiſtet werde, und glaubte dies auch durch die Gunſt des neuen Königs, welche er in ſo hohem Maße beſaß, fertig bringen zu können. Er ſiedelte deshalb von Worminghurſt ganz nach London über, um ſtets in der Nähe des Königs ſein und ſeine Entſchließungen beeinfluſſen zu können. Daß man des= wegen auch die Verleumbung gegen ihn aufbrachte, er ſei dem Könige zu gefallen. heimlich zur katholiſchen Religion übergetreten, konnte ihn, den an Verleumdungen aller Art gewöhnten, in keiner Weiſe beirren.

Den ſtaatlichen Verwickelungen, in welche König Jakob II. wegen ſeines Katholicismus geriet, und die ſogar wieder zu offenem Bürgerkriege führten, hielt ſich Penn völlig fern, und wäre ihnen gewiß am liebſten ganz aus dem Wege gegangen, indem er nach ſeinem ſtillen, friedlichen Pennſylvanien zurückkehrte, wenn ihn nicht das Gefühl der Pflicht zurückgehalten hätte, ſeinen Einfluß auf den König behufs Herbeiführung einer vollen, geſetzlich geſicherten Ge= wiſſensfreiheit geltend zu machen. Er verkehrte faſt täglich am Hofe und erfreute ſich unausgeſetzt der Gunſt des Königs in ſolchem Grade, daß er es wagen durfte, ihm Dinge zu ſagen, die ein anderer nicht ungeſtraft hätte ſagen dürfen. Das mußte man auch allgemein, und ſein Haus war darum ſtets mit Bittſtellern umlagert, die ſich ſeinen Einfluß und ſeine Gunſt bei dem Könige zu Nutze zu machen ſuchten.

Allein, ſo feſt auch Penn auf König Jakob II. ver= traute und nicht daran dachte, ſeine Aufrichtigkeit und Wohlmeinenheit in Zweifel zu ziehen, der König zog ſich doch von Tag zu Tage mehr das Mißtrauen und den Un= mut ſeines Volkes zu. Nicht nur, daß er für ſeine eigene Perſon ſehr eifrig die Gebräuche ſeiner katholiſchen Religion

übte und in der Nähe seines Palastes eine prachtvolle
Kapelle für den katholischen Gottesdienst erbauen ließ, er
führte auch verschiedene päpstliche Mönchsorden ein und
gestattete besonders den Jesuiten großen Einfluß an seinem
Hofe. Dadurch kam er natürlich in den Verdacht, die
katholische Religion zur Staatsreligion erheben zu wollen.
Dieser Verdacht mußte aber noch wachsen, als er im März
1687 alle Gesetze gegen religiöse Uebertretungen ohne weiteres
aufhob und auch die sogenannte „Testacte" außer Wirksamkeit setzt, wonach jeder, der in ein öffentliches Amt
treten wollte, seine Zugehörigkeit zur bischöflichen Staatskirche vorher eidlich zu erhärten hatte. Gerade diese Akte
war ursprünglich dahin gerichtet gewesen, die Katholiken
aus öffentlichen Ämtern fern zu halten; ihre Aufhebung
mußte daher unausbleiblich als etwas zu Gunsten des
Katholicismus gethanes angesehen werden.

So sehr sich nun auch Penn dessen freute, daß der
König die verhaßten Strafgesetze gegen die Dissenters
aufgehoben hatte, so glaubte er doch den König vor allzu
großer und offenbarer Begünstigung des Katholicismus
warnen zu müssen, und that dies ebenso eindringlich, wie
er ihn auch mahnte, für die Aufhebung der Strafgesetze
auch die Genehmiguug des Parlamentes herbeizuführen.

Aber König Jakob beachtete weder Penns Warnung
noch seine Mahnung. Er that nichts, als daß er noch
einmal aus eigener Machtvollkommenheit und ohne das
Parlament die Aufhebung der Strafgesetze erneuerte.

Dadurch entstand aber eine allgemeine Unzufriedenheit,
die sich an dem Gedanken erhitzte, daß der König, wenn
er so ohne weiteres Strafgesetze aufhob, heute oder morgen
möglicher Weise auch die Grundgesetze des Staates ebenso
aufheben könne. Viele richteten schon jetzt ihre Blicke auf

des Königs Schwiegersohn, den Prinzen Wilhelm von Oranien, als auf den, welcher an der Stelle seines Schwiegervaters den englischen Thron übernehmen solle. Und da der Prinz mit den Mißvergnügten in England Verbindungen unterhielt, fehlte es bald auch nicht an ausdrücklichen Aufforderungen, zu der Entthronung seines Schwiegervaters die Hand zu bieten, denen er auch ohne Bedenken Folge leistete.

Mit einer wohlgerüsteten Flotte landete er am 5. November 1688 an der englischen Küste und fand einen freudigen Empfang. Als auch die Truppen, welche der König zu seinem Schutze um sich gesammelt hatte, nach einander zu dem Prinzen übergingen, floh König Jakob II. aus London, um sich nach Frankreich zu begeben. Aber er wurde unterwegs entdeckt und von seinen Freunden beredet, wieder nach London zurückzukehren. Als jedoch der Prinz von Oranien auf die Hauptstadt losrückte, floh er wiederum und erreichte diesmal unangefochten die Küste Frankreichs, wo er von seinem Freunde Ludwig XIV. willig aufgenommen wurde.

Das englische Parlament erklärte am 22. Januar 1689 den Thron für erledigt und rief den Prinzen von Oranien als Wilhelm III. zum Könige aus, nachdem sich derselbe mit einem Gesetze einverstanden erklärt hatte, welches die königlichen wie die Volks-Rechte genau regelte, und ganz besondes dem Könige die Befugnis absprach, welche Jakob II. so willkürlich ausgeübt hatte, aus eigener Machtvollkommenheit einzelne Gesetze aufzuheben oder doch deren Vollstreckung zu hindern.

X.

Die Flucht des Königs Jakob II. war auch für dessen Günstlinge und Freunde das Zeichen, das Vaterland zu verlassen. Aber wie sehr man auch von allen Seiten Penn dazu rathen wollte, ein gleiches zu thun, er blieb in London mit dem guten Bewußtsein, nichts gethan zu haben, als was für Englands Wohl und Ehre zuträglich gewesen. Er zog sich nicht einmal zurück, als das Volk anfing, die Häuser derer niederzubrennen, die der Freundschaft mit dem entflohenen König verdächtig waren.

Nun wurde er zwar von den Ratsherrn, welche die Zügel der Regierung ergriffen hatten, vorgeladen, sich wegen seines nahen Verhältnisses zu Jakob II. zu recht= fertigen; aber er gab die einfache Erklärung ab, er sei stets seinem Lande und seiner protestantischen Religion er= geben gewesen; der entflohene König sei seines Vaters Freund gewesen und sei auch der seinige, ja sogar sein Vormund geworden und er bewahre demselben seine Achtung, wenn er ihm auch keinen Gehorsam mehr als Unterthan schuldig sei: er habe nichts gethan und werde nichts thun, als was er vor Gott und vor seinem Vaterlande verant= worten könne. Auf diese muthige Erklärung hin wurde er zwar frei gelassen, mußte aber vorläufig eine Sicherheit von 6000 Pfund Sterling stellen, bis er einige Zeit später in einer öffentlichen Gerichtssitzung für vollkommen unver= dächtig erklärt und gänzlich freigesprochen wurde.

Gleichwol wurde er noch zweimal wegen seiner Ver= bindung mit König Jakob II. vor Gericht gezogen und in einem Falle sogar der Teilnahme an einer Verschwörung zu Gunsten des entthronten Königs beschuldigt. Aber jedes= mal stellte sich seine Unschuld so klar heraus und sein

mutiges, freimütiges Auftreten machte einen so günstigen
Eindruck auf die Richter, ja selbst auf den neuen König,
daß er freigesprochen und ehrenvoll seiner Haft entlassen
wurde. Nur scheint es, daß er doch insgeheim beobachtet
wurde und vielleicht sogar die Weisung erhalten hatte, sich
einer vollständigen Zurückgezogenheit zu befleißigen; denn
außer einigen Schriften, welche er veröffentlichte, hörten
und sahen selbst seine Freunde während eines Zeitraumes
von 2 Jahren kaum etwas von ihm.

Als der neue König Wilhelm III. bei dem Parlamente
ein Gesetz durchsetzte, wonach das Bestehen der Noncon=
formisten und Dissenters anerkannt und festgestellt wurde,
daß fortan Niemand deshalb beunruhigt oder gestraft
werden solle, weil er sich nicht zur Staatskirche halte,
freute sich Penn zwar dieses Gesetzes von Herzen, wenn
auch noch immer die Testakte bestehen blieb, wonach nur
Anhänger der Staatskirche zu öffentlichen Ämtern berechtigt
waren und die vollen Rechte des Landes besaßen. Aber
etwas anderes verursachte ihm schwere Sorgen.

Ein Krieg zwischen England und Frankreich schien
nämlich unvermeidlich, und brach er wirklich aus, so waren
die Staaten Nordamerikas auf das ernstlichste gefährdet,
weil die Franzosen mit den Indianern Nordamerikas freund=
schaftliche Verbindungen angeknüpft hatten und gerne deren
Unterstützung im Kampfe gegen die Engländer erhielten.

Unter diesen Verhältnissen hielt es Penn für durchaus
notwendig, den Plan, mit dem er sich schon längere Zeit
getragen hatte, in Ausführung zu bringen, und wieder
selbst nach Pennsylvanien zurückzukehren, um dort seine
wohlerworbenen Rechte zu wahren.

Allein diese Reise sollte ihm einstweilen erspart werden,

allerdings durch ein Ereignis, an deſſen Eintreten er nicht
im Entfernteſten gedacht haben mochte.

Am 10. März 1692 ging ihm nämlich ein königlicher
Befehl zu, wodurch ihm ſeine Provinz Pennſylvanien ge=
nommen und angeordnet wurde, daß dieſelbe mit Neu=Jerſey
zuſammen unter den Befehl eines Oberſten Fletcher geſtellt
werde, der ſie gegen die Franzoſen und die feindſeligen
Stämme der Indianer, die den Krieg bereits begonnen
hatten, behaupten ſolle.

Das hing aber ſo zuſammen. König Wilhelm III. hatte
es für zweckmäßig gefunden, die zu Staaten herangewachſenen
oder heranwachſenden Provinzen von Nordamerika, welche
unter ſeinen Vorgängern auf dem engliſchen Throne faſt
geradezu verſchenkt worden waren und eine ſo gut wie
unabhängige Stellung errungen hatten, wieder mehr von
der engliſchen Krone abhängig zu machen und daraus einen
Teil der Macht zu ziehen, die er im Kriege gegen die
Franzoſen bedurfte. Da nun die Quäker Pennſylvaniens
ſich nicht ſehr willig gezeigt hatten, dem neuen Könige
Treue und Gehorſam zu erweiſen, ſo hatten Penns Feinde
davon einen Grund hergenommen, dem Könige die Zurück=
nahme der Urkunde zu empfehlen, durch welche Penn Eigen=
tümer ſeiner Provinz geworden war.

Penn zweifelte zwar nicht, daß dieſer Gewaltſtreich
über kurz oder lang wieder zurückgenommen werden würde
und er wieder in ſeinen rechtmäßigen, mit theurem Gelde
erkauften Beſitz von Pennſylvanien kommen werde, aber
der unerwartete Schlag traf ihn doch hart. Denn er hatte
faſt ſein ganzes Vermögen dazu verwendet, den Indianern
die Ländereein abzukaufen und befand ſich daher in einer
keineswegs glänzenden Lage.

Überdies lag ſein treues Weib gerade ſchwerkrank dar=

nieder, und auch der Gesundheitszustand seines ältesten Sohnes Springett mußte zu den schwersten Besorgnissen seinetwegen Anlaß geben. Nur sein fester, zuversichtlicher Glaube hielt ihn unter solchen Bedrängnissen und Sorgen aufrecht. Er lernte nur noch mehr, sein Vertrauen ganz auf den Herrn setzen, als ihm die Ansiedler Pennsylvaniens, die allerdings bei den kriegerischen Zeitläuften ihr Geld selber nötig haben mochten, eine Steuer verweigerten, die er ihnen auflegen wollte, und die zu erheben, er unzweifelhaft im höchsten Grade berechtigt war.

Und siehe, sein Gottvertrauen sollte ihn nicht täuschen. Allerdings wurde ihm der bittere Schmerz nicht erspart, seine geliebte Guli nach längerem Leiden aus dem Leben scheiden sehen zu müssen, nachdem sie 21 Jahre lang das Glück seines Lebens gewesen war; aber seine Bemühungen um die Wiedererlangung Pennsylvaniens blieben nicht erfolglos. Man konnte sich den Beweisen nicht verschließen, mit welchen er überzeugend sein wohlerworbenes Eigentumsrecht darthat, und sah sich deshalb genötigt, ihm die Provinz wiederzugeben. Nur das mußte sich Penn gefallen lassen, daß, solange nicht der Krieg mit den Franzosen und Indianern beendigt war, die Verteidigung des Landes dem Könige überlassen blieb, eine Bedingung, welche Penn als Quäker, der vom Kriege überhaupt nichts wissen wollte, gewiß nicht ungern einging.

Wol mußte es sich Penn jetzt nahe legen, sofort nach Pennsylvanien zu gehen; aber er fühlte sich durch die Krankheit seines Sohnes Springett vorläufig an den englischen Boden gefesselt. Denn die Auszehrung, die sich völlig bei demselben eingestellt hatte, hinderte den lieben Vater ebenso, den Kranken mit nach Amerika hinüberzunehmen, wie auch ihn alleine zurückzulassen.

So sandte er denn mit Genehmigung der Regierung einige vertraute Männer nach Pennsylvanien, die dort seine Stelle vertreten und seine Rechte wahren sollten, blieb aber selbst an dem Krankenlager seines Sohnes und widmete demselben zwei Jahre lang die sorgfältigste Pflege. Am 10. Februar 1696 erlöste endlich der Tod denselben von seinem langwierigen Leiden, und der tief betrübte Vater klagte an seinem Sarge: „Ich verlor an ihm alles, was ein Vater an einem Kinde verlieren kann."

Es war wol nichts anderes als die Sorge um seine beiden anderen Kinder Letty und William, von denen der Letztere offenbar mehr dem Großvater nachschlug als dem Vater und wegen seines Leichtsinns und Stolzes eine sorgfältige Überwachung und Erziehung nötig hatte, was Penn dazu trieb, noch einmal eine neue Ehe einzugehen, obwol er schon fast 52 Jahre alt war. Im Anfange des Jahres 1696 verheiratete er sich wieder mit Hannah Callowhill aus Bristol, einer ernsten, frommen Frau, die ihm im Laufe der Jahre noch 6 Kinder schenkte und ihn um mehrere Jahre überlebte.

Aber auch jetzt kam Penn noch nicht sofort dazu, nach Pennsylvanien zurückzukehren, welches er nun schon seit 13 Jahren nicht mehr selbst gesehen hatte. Denn weder seine Frau noch seine nun schon erwachsene Tochter Letty konnten sich entschließen, ihm dorthin zu folgen und das Heimatland für immer vielleicht zu verlassen. Ebensowenig wollte sein Sohn William etwas davon hören, daß er gegen das genußreiche Leben, wozu ihm die Heimat Gelegenheit bot, das einförmige Leben in Pennsylvanien eintauschen sollte.

Erst im Jahre 1699 sah sich Penn unbedingt genötigt, mit der Übersiedelung nach Amerika entschiedenen Ernst zu machen. Denn es liefen von drüben fortwährend bei

9*

der englischen Regierung Klagen ein über die Verwaltung, welche Oberst Markham und die anderen Männer, welche Penn in seinem Namen hinübergesandt hatte, führten, und Penn mußte fürchten, die Regierung könne in Folge dessen noch einmal auf den Gedanken kommen, ihm seine Provinz zu entziehen. In Aussicht darauf gaben denn jetzt auch seine Frau und Tochter ihr Widerstreben auf, zumal da durch den Frieden von Ryswick der Krieg mit den Franzosen beendigt war und wieder ruhige friedliche Zustände jenseits des Meeres zu erwarten standen. Nur sein Sohn William wollte England unter keiner Bedingung verlassen, so=daß sich Penn entschließen mußte, die Reise ohne ihn anzutreten.

Die Überfahrt war diesmal wegen widriger Winde eine sehr lange; sie dauerte volle drei Monate. Aber wenn dies die Reisenden auch höchlichst beklagten, und übel genug empfanden, so war es doch in Wirklichkeit sehr heilsam für sie. Denn sie kamen dadurch in Philadelphia erst an, als sich ein bösartiges Fieber verloren hatte, dem eine große Anzahl Menschen zum Opfer gefallen war.

Mit großem Jubel wurde Penn wieder empfangen, als er nach 15jähriger Abwesenheit zu seinen Ansiedlern zurück=kehrte. Durften sie doch jetzt, wo er seine Familie mitge=bracht hatte, hoffen, daß er nun seinen dauernden Aufent=halt unter ihnen nehmen werde, und daß sie seine un=mittelbare väterliche Fürsorge nicht mehr zu entbehren brauchten.

Und in der That, wie hätte es Penn nicht locken sollen, sich gänzlich für die Dauer seines Lebens hier niederzu=lassen, da sein Pennsburg im Laufe der Jahre zu einem entzückend schönen Wohnsitze geworden war!

Schon das Grundstück, das er selbst mit seinem Vetter Markham ausgewählt hatte, war überaus herrlich gelegen. Durch den Delaware, der es überall umströmte war es so geschützt, daß es selbst gegen feindliche Angriffe ziemliche Sicherheit bot, und von einer so erfrischenden Kühle über= weht, daß auch die größte Sommerhitze nicht wol lästig werden konnte. Und nun das Haus, welches auf diesem Grundstücke, mit der Frontseite gegen den Delaware ge= richtet, erbaut war! Es hatte eine Länge von 60, eine Tiefe von 40 Fuß und war umgeben von prachtvollen Gärten, wie sie Penn besonders liebte. Die Gärten gingen dann in einen Park über, welcher größtenteils in seinem natürlichen Waldzustande geblieben war und deßhalb riesige Bäume aufzuweisen hatte, die den erquickendsten Schatten boten.. Nur hier und da waren geschmackvolle künstliche Anlagen gemacht, die den Gedanken verscheuchten, daß man sich wirklich in einem Urwalde befinde.

Der untere Stock des stattlichen Hauses wurde fast ganz von einer weiten Halle eingenommen, in der man die größten Versammlungen abhalten konnte. Aus den Fenstern des oberen Stockwerks, welches die Wohnräume enthielt, hatte man eine bezaubernde Aussicht über den Strom hinweg auf die lieblichen Ufer von Neu=Jersey. Geräumige Nebengebäude schlossen sich dem Hause an und enthielten besonders prachtvolle Ställe, da Penn ein großer Liebhaber von schönen, edlen Pferden war. Vor dem Hause schaukelte sich auf den Wellen des Delaware eine zierliche Jacht, ein kleines schnellsegelndes Schiff, welches zu er= frischenden Wasserfahrten einlud.

Penns Gattin und Tochter freuten sich ebensosehr wie er selbst der herrlichen Wohnung, und da der Hausherr es liebte, zahlreiche Gäste in seinem Hause zu sehen, und gerne unschuldige Vergnügungen duldete, so fanden sie keine Ursache, den Tausch zu bereuen, zu welchem sie sich nur so schwer entschlossen hatten.

Für Penn gab es indessen nicht viel Zeit, sich Genüssen hinzugeben; seiner wartete reichliche und schwierige Arbeit. Vor allem galt es, den Uebelständen abzuhelfen, wegen deren bei der englischen Regierung Klagen erhoben worden waren und unter denen der eingerissene Schmuggelhandel einer der größten war. Penn fand bald heraus, daß nicht alle, welche seine Provinz bewohnten, so uneigennützig waren, wie er selbst, auch nicht so begeistert für alles Hohe und Heilige. Besonderen Widerstand fand er bei seinen Bemühungen, das Loos der armen Negersklaven zu verbessern, welche er schon bei seiner ersten Anwesenheit in Amerika vorgefunden hatte, und deren Ankauf und Verkauf inzwischen ruhig fortgegangen war, weil man damals von der Schänd= lichkeit dieses Menschenhandels noch keine Ahnung zu haben schien. Man betrachtete eben die Schwarzen als Geschöpfe, die kaum über den Thieren ständen und glaubte sie auch demgemäß behandeln zu dürfen.

Penn hatte zwar schon in seinem ersten Verfassungs= entwurf den Artikel aufgenommen: „Schwarze Dienstboten sollen nach zurückgelegter 14jähriger Dienstzeit frei sein unter der Bedingung, daß sie zwei Drittel dessen, was sie auf den ihnen dann zuzuteilenden Ländereien zögen, an ihren früheren Herrn abgeben. Thun sie das nicht, so soll ihre Dienstzeit noch länger dauern."

Aber dieser Artikel hinderte nicht, daß die Sklaverei ruhig fortbestand, und schon die bloße Frage nach ihrer Gesetzlichkeit oder Ungesetzlichkeit galt für eine solche, die ein vernünftiger Mensch gar nicht thue. Nur die deutschen Ansiedler aus der Rheinpfalz protestirten mit aller Macht gegen das Sklavenwesen und unterließen nichts, ihren Ansichten überall Anerkennung und Geltung zu verschaffen.

Als nun Penn, der selber keine Sklaven hielt, sondern

sich höchstens wenn er ihrer Arbeit bedurfte, eine Anzahl von ihren Herrn gegen Entschädigung entließ, durch ein Gesetz wenigstens das harte Loos der Sklaven zu verbessern suchte, fand er bei der Volksvertretung den entschiedensten Widerstand und mußte seine wohlwollenden Pläne auf günstigere Zeiten verschieben.

Mit den Indianern, die sich der Wiederkehr des „großen Onas" wol am meisten freuten, knüpfte er sofort wieder die alten freundschaftlichen Beziehungen an. Sie hatten den im Jahre 1682 geschlossenen Vertrag treulich gehalten und sich so wohl dabei befunden, daß nun mehrere Stämme, die sich früher noch ferne gehalten hatten, auch diesem Vertrage beizutreten wünschten. Penn ging darauf sehr gerne ein, da dadurch die Sicherheit seiner Provinz in nicht geringem Maße erhöht wurde. Nachdem der Vertrag in einer der früher erzählten ähnlichen Weise geschlossen war, bewirtete Penn die neuen Freunde in der großen Halle seines Hauses, worauf sie vor dem Hause ihre wilden Tänze aufführten.

Außerdem bemühte sich Penn unablässig, und zwar, wo es nur irgend wünschenswert erschien, in Gemeinschaft mit den Statthaltern der nachbarlichen Provinzen, alle noch nötigen Maßregeln zu treffen, durch welche die Wohlfahrt Pennsylvaniens gefördert, die allgemeine Sicherheit befestigt wurde.

Da kamen aber aus England wieder böse Nachrichten. Es war nämlich im Parlamente ein Gesetzesvorschlag eingebracht worden, welcher die Umwandelung aller Privatcolonien in Staatscolonien beantragte, und nur mit großer Mühe wurde es von Penns Freunden, besonders auch durch die Bemühungen seines Sohnes William, der davon so nahe berührt wurde, durchgesetzt, daß die Beratung

dieses Gesetzes bis zu Penns Rückkehr aus Amerika ver=
tagt wurde. Diese Rückkehr war aber auch dadurch zu
einer unabweisbaren Notwendigkeit geworden, und die
Volksvertretung Pennsylvaniens drang jetzt selbst in Penn,
seine Reise nach England zu beschleunigen.

In aller Eile wurden die Maßregeln verhandelt, welche
für die allgemeine Wohlfahrt und Sicherheit nötig erschienen
und einzelne Abänderungen der Verfassung beschlossen.
Leider zeigte es sich beim letzteren Geschäfte deutlich, wie
die Volksvertreter ihren eigenen Vorteil überall in den
Vordergrund stellten, während sie sich gar wenig geneigt
erwiesen, auf die Interessen des Mannes Rücksicht zu
nehmen, dem sie doch so großen Dank schuldeten. Insonder=
heit verweigerten sie, für Penns Reise nach England, die
doch wesentlich auf ihr Drängen und auch in ihrem Interesse
geschehen sollte, Geld zu bewilligen, und Penn mußte sich
wohl oder übel entschließen, sich dadurch das nötige Geld
zur Reise nach und zum Aufenthalte in England zu verschaffen,
daß er um jeden Preis von seinen Ländereien verkaufte.

Penns Gattin und Tochter freuten sich der Rückreise
sehr. Ihr erstes Wohlgefallen an dem neuen, ungewohnten
Leben in Pennsylvanien war schon dahingeschwunden und
sie beschleunigten nach Möglichkeit die Vorbereitungen zu
der Abreise.

Aber wenig erfreut waren dagegen die Indianer über
die Nachricht, daß sie der große Onas schon so bald wieder
verlassen werde. Sie strömten von allen Seiten herzu,
Abschied von ihm zu nehmen und nur Penns Versicherung,
daß auch während seiner Abwesenheit Freundschaft und
Gerechtigkeit gegen sie geübt werden würde, konnte sie
einigermaßen trösten. Daß dies aber geschehen werde,
dafür machte Penn die Mitglieder des Provinzial=Rathes,

sowie den Stellverttreter, den er in Obrist Hamilton zurück= ließ, ausdrücklich verantwortlich.

Mit dem Versprechen an die Volksvertreter, daß er ungesäumt seinen Sohn William aus England herüber= schicken werde, damit derselbe frühzeitig die Natur und die Bedürfnisse des Landes kennen lerne, das er einstmals regieren solle, schied Penn von Amerikas Küsten nach einem fast zweijährigen Aufenthalte im August 1701. Sein letzter persönlicher Gruß war ein Freibrief für Philadelphia, durch welchen der Platz zur Stadt erhoben wurde. Penn schied — um nicht mehr wiederzukehren.

In England glücklich angekommen, fand er die Ange= legenheit, welche ihn herübergetrieben hatte, bei weitem nicht so schlimm stehend, als er in der Ferne gefürchtet hatte. Allerdings hatte eine ihm feindlich gesinnte Partei beabsichtigt, ihm das Eigentumsrecht auf Pennsylvanien ohne jegliche Entschädigung zu entziehen, und zu dem Zwecke das erwähnte Gesetz eingebracht. Aber als Penn durch seine Urkunde nachwies, daß er für sein Eigentums= recht eine Schuldforderung an den König von 10000 Pfund Sterling habe schwinden lassen, und daß dieses Abkommen durchaus in gesetzlicher Form getroffen worden sei; als er sich weiter darauf berief, daß er sich auch durch den nachherigen Kauf von den Eingeborenen ein volles unbe= streitbares Eigentumsrecht erworben habe; als er endlich vorrechnete, daß jene 10000 Pfund, wenn man Zinseszins berechne, bis jetzt sich auf mehr als die dreifache Summe erhöht hatten und man ihm rechtmäßiger Weise doch diese Summe bezahlen müsse, falls man ihm das Eigentums= recht auf Pennsylvanien entziehen wolle: da mußte selbst König Wilhelm III. diese Sachverhältnisse als richtig an=

erkennen, und jener böswillig eingebrachte Gesetzesvorschlag wurde einfach begraben, um nicht wieder aufzuerstehen.

Penn hatte sogleich nach seiner Ankunft in England dazu gethan, sein den Volksvertretern von Pennsylvanien gegebenes Versprechen zu erfüllen, und seinen Sohn William aufgefordert, sich nach Philadelphia zu begeben. Er konnte dies allerdings nur mit schwerem Herzen thun. Denn während des Vaters Abwesenheit hatte sich der leichtsinnige Sohn jeder Art von Ausschweifung hingegeben und dadurch nicht bloß eine ungeheure Schuldenlast auf sich geladen, sondern auch seine Gesundheit zerrüttet. Und solch einen ungeratenen Sohn sollte er nun allein nach Pennsylvanien schicken, wo er ohne jede kräftige Einwirkung und Überwachung sein leichtsinniges Leben fortsetzen würde und den hochgeehrten väterlichen Namen am Ende mit Schimpf und Schande bedecken?

Auch der Sohn bezeugte durchaus keine Lust, die Londoner Vergnügungen gegen die Stille des Landlebens und die ernste Sittenstrenge der Quäkerstadt umzutauschen. Erst als ihm der Vater den klaren Blick in seine Lage eröffnete, welchen der Leichtsinnige bis jetzt selbst nicht hatte thun mögen, kam es wie Reue über ihn. Er versprach jetzt nach Amerika gehen zu wollen, wenn der Vater seine Schulden bezahlen werde. Als er dies Versprechen erhalten, machte er sich dann wirklich auf die Reise, jedoch nicht ohne daß ihm ein Brief des Vaters vorausgegangen war, worin derselbe die Freunde drüben inständig bat, über den Sohn recht sorgfältig und väterlich wachen zu wollen.

Anfangs ging es auch wirklich mit William ziemlich gut. Sich um die Zustände und Verhältnisse der Provinz zu bekümmern, fiel ihm freilich nicht ein. Er verbrachte vielmehr seine ganze Zeit mit jagen und fischen. Aber bald brach der böse Geist wieder bei ihm los. Er begann wieder im vollsten Maße sein wildes ausschweifendes Leben, trat die Gesetze des Landes mit Füßen, und als er sich gründlich verhaßt gemacht und wieder in bedeutende Schulden gestürzt hatte, kehrte er eines Tages ungerufen nach England zurück.

Brachte nun schon die Bezahlung dieser neuen Schulden seines Sohnes Penn in nicht geringe Geldverlegenheit, so stieg diese noch um ein bedeutendes, als die Nachkommen seines bisherigen Advokaten und Geschäftsführers, der ihm zu seiner ersten Reise nach Amerika 2800 Pfund Sterling vorgestreckt und sich dafür, angeblich der bloßen Form wegen, von dem arglosen Penn einen Schein hatte unterschreiben lassen, worin ihm die ganze Provinz Pennsylvanien zum Pfande gestellt würde, mit einem Male eine Rechnung über 14000 Pfund Sterling zugehen ließen, mit der Drohung, ihr Pfandrecht geltend machen zu wollen, wenn diese Summe nicht sogleich von Penn bezahlt würde.

Nachdem Penn die betrügerisch aufgestellte Rechnung geprüft hatte, erklärte er sich bereit, eine Summe von 4302 Pfund Sterling, die sich allenfalls als richtig herausrechnen ließ, zu bezahlen. Aber seine Gläubiger gingen darauf nicht ein, und es kam so weit, daß der Eigentümer von Pennsylvanien in den Schuldturm wandern mußte, da seine pennsylvanische Ansiedler ihm weder Vorschüsse machen wollten, noch auch nur die schuldigen Zahlungen leisteten.

Penn bot nun der Königin Anna, die nach dem im Jahre 1702 erfolgten Tode ihres Schwagers Wilhelm III. als zweite Tochter des entthronten Königs Jakob II. auf den englischen Thron gekommen war, sein Pennsylvanien zum Kaufe an, und zwar zu dem Preise von 20000 Pfund Sterling. Aber die Königin schlug das Anerbieten aus.

Endlich gelang es ihm doch, die 7—8000 Pfund Sterling aufzutreiben, womit sich schließlich seine falschen Gläubiger zufrieden geben wollten, und er wurde wieder aus dem Schuldgefängnisse entlassen.

Aber die Kerkerluft hatte seine Gesundheit so angegriffen, daß er nun London verließ und sich mit seiner Familie nach dem etwa 8 Meilen von London entfernten Brentford zurückzog, wo er sich nun wieder ganz seinem einstigen Berufe zuwendete, nämlich zur Verkündigung des Evangeliums das Land durchzog und die Versammlungen seiner quäkerischen Brüder besuchte und leitete.

Allein bald hinderte ihn, den nun 65jährigen Mann, die sich einstellende Altersschwäche an diesen Reisen. Er zog sich nun im Jahre 1710 nach Rushcombe in Buckinghamshire zurück, wo er bis zu seinem Lebensende blieb.

Von hier aus richtete er denn ein Schreiben an die Ansiedler Pennsylvaniens, worin er ihnen Vorwürfe machte über den Undank, mit welchem sie ihm für alles das gelohnt, was er für sie gethan habe. Auch seine letzte Reise nach England habe doch nur ihr Interesse zum Zwecke gehabt und die Vereinigung Pennsylvaniens mit der englischen Krone zu hindern gesucht, wodurch die dort bestehende Verfassung umgestoßen worden wäre. Trotz ihres bewiesenen Undanks habe er alles aufgeboten, diesen Zweck zu erreichen. Er sei dabei arm geworden, sie reich; er habe an Macht eingebüßt, sie daran gewonnen. Während sie durch seine Vorsicht und Ausdauer im Besitze von Reichtum, Einfluß und Freiheit seien, habe er ihretwegen und um ihres Geizes willen, der ihn ohne Unterstützung gelassen habe, im Schuldgefängnisse sitzen müssen. Es müsse ihm demnach scheinen, als wünschten sie, die alte, bisher zwischen ihnen bestandene Gemeinschaft zu zerreißen. Wenn dies ihr Wille sei, so möchten sie es bei der neuen Wahl ihrer Vertreter zu erkennen geben, dann werde er zu handeln wissen.

Dieses Schreiben verfehlte bei den beschämten Ansied=lern seinen Eindruck nicht. Bei der nun stattfindenden Wahl wurden lauter neue Volksvertreter gewählt anstatt der bisherigen, die sich so undankbar gegen Penn bewiesen hatten. Und es wurde für den altersschwachen, durch die bisherigen Erfahrungen tief gebeugten Mann kein geringer Trost, daß diese neue Versammlung überaus einträchtig zusammenstand und tüchtige Beschlüsse faßte, die ihn mit frohen Hoffnungen für die Zukunft seiner Provinz erfüllen konnten.

XI.

Wäre nur derjenige, welchem nach Penns Tode die Verwaltung Pennsylvaniens zufallen sollte, William Penn, der Jüngere, ein anderer gewesen, oder hätte er auch nur die entfernteste Aussicht gegeben, daß er je ein anderer werden würde!

Aber er war und blieb der alte, leichtsinnige und aus=schweifende Mensch, und hatte sich nach und nach seiner Familie gänzlich entfremdet, zum bitteren Herzeleid des alten Vaters, welcher nach dem frühen Tode des tüchtigen und wohlgeratenen Springett auf diesen zweiten Sohn alle seine Hoffnungen gesetzt hatte. Selbst nach seiner Verheiratung und als Vater von 3 schönen Kindern setzte er sein lüderliches Leben fort. Er trat, obwol er wissen mußte, wiesehr das den väterlichen Ansichten zuwiderlief, in die königliche Armee ein, verließ dieselbe jedoch wieder, als sich ihm eine leise Aussicht eröffnete, ins Parlament gewählt zu werden. Als aber daraus doch nichts wurde, ließ er Frau und Kinder im Stiche, ging auf das Fest=

land hinüber und führte in den Hauptstädten desselben
ein abenteuerliches wüstes Leben. Das Ende war, daß
er von der Schwindsucht befallen wurde und im Jahre
1720 starb, ohne den Rückweg nach England zu Weib
und Kindern gefunden zu haben.

Vielleicht war es eine erschütternde Nachricht, die über
diesen Ungeratenen eingelaufen war, welche es herbeiführte,
daß der bekümmerte Vater im Anfange des Jahres 1712
von einem Schlage getroffen wurde, der bei seinen ge=
schwächten Kräften die übelsten Folgen haben mußte. Er
erholte sich zwar zunächst wieder soweit, daß er sich um
die Angelegenheiten seines Pennsylvaniens bekümmern konnte
und mit besonderem Eifer die Abschaffung der Sklaverei
betrieb, deren Unchristlichkeit und Verderblichkeit ihm mehr
und mehr zur Gewißheit geworden war, und deren völlige
Aufhebung jetzt um so mehr ihn beschäftigen mußte, als
durch die unermüdlichen Bemühungen der wackeren An=
siedler aus der Pfalz im Jahre 1711 ein Gesetz zu Stande
gekommen war, welches die Einführung neuer Sklaven
unbedingt verbot, aber leider von der englischen Regierung
nicht bestätigt wurde. Allein dem ersten Schlaganfalle
folgten bald zwei neue, die seine Geisteskräfte völlig zer=
rütteten und ihn auch körperlich gewaltig erschütterten.

Die treue Pflege seiner Gattin und seiner Kinder,
unter denen nur der ungeratene Sohn fehlte, half jedoch
eine unmittelbare Gefahr für sein Leben abwenden. Nur
konnten ihm die gesunden Geisteskräfte nicht wiedergegeben
werden, die ihn zur Übernahme auch der leichtesten ge=
schäftlichen Arbeit fähig gemacht hätten. Er war zum
Kinde geworden, aber zum glücklichen Kinde. Denn ein
fortwährendes heiteres Lächeln lag auf seinen Mienen, und
es war ihm eine wirklich selige Lust, mit seinen eigenen jungen

Kindern, sowie mit denen seines Sohnes, welche er sammt
ihrer verlassenen Mutter zu sich nach Bushcombe geholt hatte,
in dem Zimmer uud im Freien wie ein Kind zu spielen.

Nur von Zeil zu Zeit stellten sich lichtere Augenblicke
bei ihm ein, in denen er auch wohl an einem ernsteren
Gespräche Theil nehmen konnte und in denen er dann von
dem inneren Frieden Zeugnis gab, den ihm sein fester,
zuversichtlicher Glaube an den Heiland und Erlöser ge=
währte. In solchen Augenblicken schwand dann auch wol
das glückliche Lächeln von seinem Gesichte, wenn er in das
sorgenvolle Antlitz seiner Gattin sah und wahrnahm, wie
sich dieselbe abmühen mußte, die Familienangelegenheiten
zu besorgen und den weitausgebreiteten Briefwechsel zu unter=
halten, den die überseeischen Angelegenheiten nötig machten.

In diesem Zustande verlebte Penn noch 5 volle Jahre.
Erst gegen Ende des letzten derselben wurde es übler mit
ihm. Während er bis dahin wol auch seine alten Freunde
erkannt hatte, wenn sie nach ihm sehen kamen und auch
wol noch im Stande gewesen war, ein verständiges ernstes
Wort mit ihnen zu wechseln, verließ ihn nun immer mehr
sein Gedächtnis und auch das zusammenhängende Sprechen
wurde ihm unmöglich.

Am 30. Mai 1718 nahm ihn endlich ein sanfter
friedlicher Tod, das leise Einschlafen des Kindes im Vater=
arm, aus den Armen der Seinigen. In einem Alter von 74
Jahren kam so für ihn das schöne Ende eines dem Dienste
des Herrn und dem Wohle der Menschen geweihten Lebens.

In einem Testamente, welches er im Jahre 1712, noch
im vollen Besitze seiner Geisteskräfte gemacht hatte, waren
folgende Bestimmungen von ihm getroffen worden:

Sein Sohn William, dem seine verstorbene Mutter
die von ihr herrührenden Springett'schen Güter vermacht

hatte, für dessen Schulden aber diese Güter hatten verkauft werden müssen, war von jeder weiteren Erbschaft ausge= schlossen, um ihm die Möglichkeit zu nehmen, seine Frau und seine Kinder an den Bettelstab zu bringen. Dagegen erbten diese für sich die englischen Güter, die damals etwa 1580 Pfund Sterling jährlichen Ertrages einbrachten. Außerdem bestimmte Penn, daß jedem seiner Enkel, sowie auch seiner Tochter Letty 10000 Morgen des besten noch unverkauften Landes in Pennsylvanien zufallen sollten. Weiter sollte von diesem Lande noch soviel verkauft werden, als nötig sei, um die bei seinem Tode etwa vorhandenen Schulden zu decken. Das Übrige sollten seine 5 Kinder aus zweiter Ehe mit Hannah Callowhill als ihre Erbschaft er= halten, und wurde die Mutter, der eine jährliche Rente von 300 Pfund zufallen sollte, zur Vollstreckerin des Testamentes ernannt.

Die Regierung seiner Provinz Pennsylvanien übertrug er einstweilen zwei Freunden, den Grafen von Oxford und Pawlett, mit dem Auftrage, seine Eigentumsansprüche an dieselbe entweder an die englische Krone oder ander= weitig zu möglichst günstigen Bedingungen zu verkaufen und den Erlös für seine Kinder aus der zweiten Ehe sicher anzulegen.

Penn hatte auch im Irdischen sein Haus bestellt, so= lange es noch Zeit war. Wenn es nach den angeführten Testamentsbestimmungen scheinen könnte, als habe er die Kinder Williams bevorzugt, indem er ihnen die heimatlichen Güter mit ihrem sicheren Ertrage zuteilte, während seine Kinder aus zweiter Ehe auf das amerikanische Erbteil angewiesen wurden mit seinem unsicheren Ertrage, der in der letzten Zeit kaum 500 Pfund jährlich gewesen war, so stellte sich thatsächlich das Verhältnis gerade umgekehrt.

Denn während der 20 Friedensjahre, die nun nach den Wirren des französischen Krieges folgten, stieg der Wert des pennsylvanischen Familienbesitzes ungeheuer. Im Jahre 1797 zahlte die Regierung Pennsylvaniens den Nachkommen Penns 130000 Pfund Sterling (über 2½ Millionen Mark) für ihre Rechte und garantirte ihnen dabei noch die ihnen zugewiesenen Privatgüter, sowie alle rückständigen Zahlungen und Zinsen für die aus der Hinterlassenschaft des Staats= gründers verkauften Ländereien. In England aber er= hielten Penns Nachkommen nachträglich die Summe von 500000 Pfund Sterling, also etwa 10 Millionen Mark, vom Parlamente als Entschädigung für erlittene Verluste.

Wie wir im achten Capitel schon andeuteten, hatte Penn auch für den entthronten König, den ehemaligen Herzog von York, zwei Landgüter in Pennsylvanien bestimmt, sowie ebenfalls für seinen Freund und Mitarbeiter George Fox 1000 Morgen des besten Landes als völlig kostenfreies Eigentum.

Seine letzte Ruhestätte fand Penn neben derjenigen seiner ersten Gattin Guli und seines frühvollendeten, hoffnungsvollen Sohnes Springett auf dem stillen Kirch= hofe des Dorfes Jordans in Buckinghamshire. Viele Hunderte aus der Nähe und Ferne begleiteten seinen Leichnam zur Gruft und es hätte fürwahr nicht erst der kurzen Reden bedurft, welche einige seiner quäkerischen Freunde am Grabe hielten, um es den Theilnehmern am Leichenzuge zu sagen, daß ein großer Mann aus dem Leben geschieden sei.

Und war denn William Penn wirklich ein großer Mann?

Seine Feinde und Widersacher haben es ihm entschieden bestritten, wohl nicht zum Mindesten deshalb, weil er der

verachteten Secte der Quäker angehört hat. Sie haben
ihn sogar der gröbsten Characterfehler beschuldigt, der
Habsucht, der Kriecherei, der Herrschsucht, der Heuchelei.

Viele dieser Beschuldigungen sind durch eine unparteiischere,
auf sichere Überlieferungen gegründete Geschichtschreibung
bereits auf das Siegreichste widerlegt, und was bis jetzt
nicht durch genügende Beweise widerlegt werden konnte,
ist zum größten Theile dem arglosen Vertrauen auf die
Rechnung zu schreiben, womit Penn allen Menschen ent=
gegenkam, weil er sie nach dem Maßstabe beurteilte, den
er in seinem eigenen menschenfreundlichen Herzen fand,
und dem unermüdlichen Eifer, womit er das große Ziel
seines Lebens verfolgte, Freiheit des Gewissens für Jeden
zu erringen.

Aber was macht denn den großen Mann aus? Wir
denken, doch nur Zweierlei. Einmal, daß Derjenige,
welchem dieser Ehrentitel gezollt werden soll, für seine
eigene Person sich die vollste, menschliche Achtung verdient
und auch, nach Menschengedenken wenigstens, die Gnade
seines himmlischen Herrn gesucht und gefunden hat. Dann
aber, daß er für seine Mitmenschen Großes und Erfolg=
reiches geleistet hat, was nicht nur für seine Zeit, sondern
auch für die Nachwelt von dauernder Bedeutung wurde.

Und war denn nicht dieses Beides in vollem Maße
bei William Penn der Fall? Wird ihm Jemand die Achtung
versagen können, wenn er die Uneigennützigkeit und Selbst=
losigkeit ansieht, die eine seiner am Meisten hervorstechenden
Eigenschaften war, und die ihn trieb, überall seinen eigenen
Vorteil aus den Augen zu setzen und sogar sich Opfer
und Entbehrungen aufzulegen, wenn es sich darum handelte,
sein großes Lebensziel zu verfolgen?

Wird ihm Jemand die Achtung versagen können, wenn

er die rücksichtslose Aufrichtigkeit und Wahrhaftigkeit ansieht, die er in allen Stücken bewies, die ihn trieb, frei und furchtlos überall seine wahre Meinung zu sagen, auch da, wo ihm Nachteil daraus erwachsen mußte, die ihm selbst vor den Großen der Welt den Mund öffnete, wenn es galt, die Wahrheit zu verfechten?

Wird ihm Jemand die Achtung versagen können, der seine hohe Menschenfreundlichkeit bedenkt, die ihn veranlaßte, seine ganze Zeit und Kraft, ja sein ganzes Vermögen daran zu setzen, um das zu erreichen, was er als das höchste, heiligste Gut der Menschheit ansah, die ihn mitten hinein-trieb in die Schaaren der halbwilden Eingebornen Amerikas, sie für ein gesittetes christliches Leben zu gewinnen durch Wort und Beispiel, die ihn noch am Ende seines Lebens so tapfer eintreten ließ in den Kampf für die Freiheit der armen Negersclaven und gegen den entsetzlichen Menschenhandel, der mit den armen Schwarzen getrieben wurde?

Wird ihm Jemand, und wenn er auch auf einem ganz anderen religiösen Standpunkte stände, als der Penns war, die Achtung versagen könnte, wenn er die tiefe Frömmigkeit, den heiligen Glaubenseifer ansieht, welche den auf so hoher Lebens-stufe Stehenden trieben, das, was er als göttliche Wahrheit und als den rechten Weg zur Seligkeit erkannt hatte, überall mit fröhlichem Aufthun seines Mundes zu verkünbigen, und bei welchen ja gewiß nicht eine Spur von Heuchelei ange-nommen werden darf, wenn ins Auge gefaßt wird, wie kein Haß, keine Verfolgung, kein Gefängnis ihn davon abzubringen im Stande war?

Und ob Penn Großes und Erfolgreiches von dauerndem Werte für seine Mitmenschen gewirkt hat?

Wer wird es leugnen können, der an das denkt, was Penn nicht nur erringen wollte, sondern auch wirklich er-

10*

rungen hat oder doch erringen geholfen hat, Freiheit des
Gewissens für Unzählige, die ohne sein erfolgreiches Wirken
ihr Leben lang in jämmerlicher Gewissensknechtschaft hätten
schmachten müssen und gehindert gewesen wären, frei und
freudig nach ihrem Glauben zu leben?

Wer wird es leugnen können, der jenen oft genannten
Staat Nordamerikas ansieht, der Penn wesentlich sein Ent=
stehen verdankt, und der für Schaaren von Unterdrückten eine
gesegnete Freistätte geworden ist?

Wer wird es leugnen können, der im Stande ist, die
hohe Weisheit zu bewundern, womit er Gesetze für jenen
Staat schuf und Ordnung und Einrichtungen ins Leben rief,
die noch heutigen Tages als Grundpfeiler jenes Staates
anerkannt werden und sein fast unvergleichliches Empor=
blühen zur Folge hatten?

Nein, es darf gewiß von Penn mit größerem Rechte
als von manchem Anderen, dem die Welt ganz unbedenk=
lich diesen Ehrentitel gibt, gerühmt werden, daß er ein
großer Mann gewesen ist, der es verdient hat, daß seines
Namens Gedächtnis nicht bloß unter Denen in hohen
Ehren fortlebt, die noch heute die Früchte seines erfolg=
reichen Wirkens genießen, sondern auch bei allen Denen,
welche sich genug freien Sinn bewahrt haben, um das
Hohe und Edle anzuerkennen, wo und wann sie es finden!

Und wenn dies Büchlein dazu beitragen sollte, daß
unter Denen, die als Vorkämpfer für Wahrheit und Ge=
rechtigkeit, als Wohlthäter der Menschheit genannt werden,
auch William Penn nicht vergessen wird, so ist sein
Zweck erfüllt.

www.ingramcontent.com/pod-product-compliance
Lightning Source LLC
Chambersburg PA
CBHW030902050726
47500CB00009B/987